当代诗人自选诗

蜀籁诗丛

朱丹枫　梁　平　主编

曾　蒙——著

世界突然安静

四川文艺出版社

图书在版编目（CIP）数据

世界突然安静 / 曾蒙著. — 2版. — 成都：四川
文艺出版社，2019.4
ISBN 978-7-5411-5349-5

Ⅰ.①世… Ⅱ.①曾… Ⅲ.①诗集—中国—当代
Ⅳ.①I227

中国版本图书馆CIP数据核字（2019）第047025号

SHIJIE TURAN ANJING

世界突然安静

曾蒙 著

责任编辑　段　敏　周　轶
封面设计　鸿儒文轩·书心瞬意
内文设计　张　妮
责任校对　汪　平

出版发行　四川文艺出版社（成都市槐树街2号）
网　　址　www.scwys.com
电　　话　028-86259285（发行部）　028-86259303（编辑部）
传　　真　028-86259306

邮购地址　成都市槐树街2号四川文艺出版社邮购部　610031
印　　刷　三河市华东印刷有限公司
成品尺寸　142mm×210mm　　开　　本　32开
印　　张　8.75　　　　　　　字　　数　180千
版　　次　2019年4月第二版　　印　　次　2021年4月第三次印刷
书　　号　ISBN 978-7-5411-5349-5
定　　价　48.00元

| 总 序 |

三个男人的诗生活

/梁平

　　2015年的"蜀籁诗丛"集结了四川诗歌的三个男人，干海兵、杨献平和曾蒙。三个男人三种风格，对于读者都是不陌生的。干海兵的名字较之另外二位，应该在诗坛更为人所熟悉，他早年在《华西都市报》谋职，因为诗歌调到了《星星》诗刊做编辑，读诗编诗写诗，与读者、作者的往来近20年了，读编是职业，写作是副业，尽管写作并不见高产，却颗粒饱满。海兵的诗，小巧、精致、严谨，能时常在他的小诗歌里看见大的格局与惊喜。杨献平因为文学成就，从巴丹吉林沙漠某空军基地调到成都军区专业从事文学创作，也在《西南军事文学》干编辑的活儿。他的散文与诗歌难分伯仲，是一位优秀的军旅作家、诗人。尤其他的诗，放在其他军旅作家之中，具有极强的辨析度，那是一种异质，更为纯粹和肆意。曾蒙虽然一直蜗居在偏远的攀枝花，但精神与灵魂潇洒行走江湖从来就没有消停过，由他主持的《中国南方艺术》网站对当代诗歌的把握与呈现，使他的视野没有禁锢与栅栏，他的诗既有先锋的诡异，同时保持了他肉身的质感与温度。关于他们的诗，已经摆放在人们面前，我想说的是，值得一读。

干海兵比我更早进入《星星》，这是一个很温馨的诗歌家庭。《星星》从1957年创刊以来，历届前辈为晚辈做出了榜样，每一个人都为能够成为这个家庭的成员而引以为骄傲。我到编辑部是在21世纪初，海兵已经是一位优秀的编辑了。十几年的朝夕相处，就成了兄弟，成了家人。海兵的智慧藏在他貌似憨厚的长相里，他对诗歌的敏感以及准确的判断，使其编辑选稿的数量与质量名列前茅。他爱惜作者与读者给他寄来的每一份稿件、每一本样书，即使选读过了也不愿意丢弃，以至于在他的办公桌四周，书稿堆积如山，凌乱不堪。他坐在办公桌前，外面进来的人只能看见他有点过早谢顶的脑袋。关于这个"毛病"，我曾多次提醒他收拾、整理一下，每次都是满口答应，然而屡教不改。前不久，重庆诗人李元胜来编辑部小坐，看到如此景象大为惊讶，立马拿出手机立此存照，并且发了微信，朋友圈回应汹涌。由于元胜也如家人，照片题句使用了春秋笔法引诱，称自己被《星星》编辑们的劳动所感动，泪流满面。于是微信朋友圈感动一片，唏嘘一片。其中《华西都市报》一位资深女编辑看到图片，毫不留情地指认这一定是干海兵的办公桌，因为十几年前在报社同居一室，海兵的办公桌就是这样了。我看到这条信息，已经笑得前仰后翻了。这就是海兵，坚持他的坚持，如同他对诗歌的深爱必将终其一生。

我似乎从来没有见过杨献平穿军装的时候。每次见面穿的都是便装，而且是随便得有点过分，没有个正形。只有坐在会议室，或者一群诗人谈诗的场合，才能够看见他正襟危坐，字字珠玑。尽管他那河北城乡接合部的发音，与标准普通话相去甚远，但是他对诗歌的较真还是能听得真真切切。因为都在成都，我们聚在一起的时候还多，每一次都能尽兴散伙，而每一次，最依依不舍的就是杨献平。他总是把在场的人一一送走之后，才叫一辆出租车最后消失在夜色里。对于这样的场景，他有一种非常得意的调侃：我是军人，保护老百姓是我的职责。有一次，我们一起参加外省的一个诗歌活动，几个很好的朋友开他的玩笑，说他怎么看也不像一个军人。对此他一点都不以为然，还继续追问，那我像什么呢？于是玩笑继续，有人说像保安，有人说民团，有人说他是军官，怎么也应该是个团练……不管大家怎么说，他总是笑呵呵的，最后还补一句：这么说我怎么也是部队上的。和杨献平在一起就有快乐，他看似不苟言笑，身上却充满了快乐因子，他说过他愿意把快乐带给朋友。在我看来，一个可以给朋友带来快乐的人，值得交往。

曾蒙身在攀西大峡谷，不太和当地的文化人打堆，他的诗歌在攀枝花是个异数，一直先锋在前沿。我和他的交往并不多，倒是他很多铁哥们和我是铁哥们，所以关于他的"流言蜚语"，我总是能够拿到第一手资料。他有单纯可爱之处，但终究是一个不捣蛋就不能正常生活的人。在一次四川的诗歌活动中，一堆好久不见的朋友聚齐了，就拉开膀子海吃海喝，结果他和巴蜀的几个"主人"与一个大家都敬重的外地"嘉宾"发生了摩擦，那动静撕破了厚重的夜幕。那次我是相当的生气，把他们叫来的时候他们还有点神志不清，似乎也忘了和谁发生了争执。他似乎还一脸委屈，说是在捍卫诗歌。——那模样弄得我哭笑不得。第二天他清醒了来对我说，放心吧，这次真的戒酒了，喝酒误事，喝酒得罪朋友。这大概是十年前的往事了，很久没有联系了，只是经常从朋友信息里看见他诗歌的踪迹，很是欣慰。殊不知就在不久前，一个深夜电话把我闹醒，在成都的一个朋友告诉我，热爱人民的警察叔叔把又喝醉了的曾蒙带去派出所醒酒了。这个酒啊，似乎很多诗人都喝酒，喝到他那个份上也算是人才，还没有伤及他的大脑，还可以写出好诗，我也是醉了。

这一套丛书就要付梓了，对于三个诗人诗的好坏读者自己去拿捏，我在这之前给这三个人各画一幅漫画，算是他们诗集的生活插图吧。

2015年9月13日于成都

目录

辑二　时光暗淡

辑三　万物寂静

辑四　麦　浪

辑一 风吹过木棉

现世的谜团。风吹过木棉，每年都吹来……

也无法让你看清前朝的自己，

画一股清泉，在宣纸上细细流淌，

窗下写字，画画，写春雷的春，秋实的秋，

风吹过木棉，像一个美少年，一介书生，

关　系

一个人散步，在通向病房的过道里，

一袭阳光密集地照射他的身体。

他身后的树林，顿时

指向更深的黑与白，

更深的回忆。

我努力平息这春天的坏脾气，

这坏脾气长着滑稽的头型，

貌似愤怒的石榴。

他的身上有着藿香的气息，

一如燕麦在会理的山上哭泣。

一个人的生与死，

一个人，爱着，恨着，最后也归于尘土，

归于自己的内心。

他走着，我在看着。

生老病死，如此平静，

远方的禅院，远方，更远的南方，

钟声响起，我起身，拍拍身上的灰尘，

一个人的去与留，

在这个下午，似乎与我有什么关系。

2014.3.24

朴　素

你用朴素的一生，
正视窗外的树。
窗外的树，日晒，风吹，
在食物中保持本色。
树叶凋落，新枝发芽，
多少日落日出，
你用一生的眼光目送，
又用一生的善良容忍。
你读书，静坐，起身，离开，
窗外的树一目了然。
更远，大黑山不理会这些，
这些情感，花瓣，水滴，
每天经历你的味觉，经历你的胃，
然后转换成今天的客厅。
客厅里钢琴在舞蹈，音乐无限制延伸，
你找到自己，
你讲下午的黑暗，夜晚的光明，

以及你的敏感，你的焦急。

夏天提前来了，起风了，

请关上窗户，关上窗外伤心的从前。

2014.3.31

书生记

一个落魄的书生也充满了古意，
别看他着急，别看他清瘦。
越来越远离官宦的家庭，越来越对不起自己。
小柳岸，风残月，此去多少离别，
落花生，小馒头，一壶清酒，
这些胃，这些嘴巴，这些无边的举止。
他在饥饿中睁开小眼睛，他在清闲中鹤立鸡群，
我们的秀才醉眼蒙眬，诗词歌赋，
他的架势吓人，他的天赋迷人。
每天的粮食，每天的生计，每天的炊烟，
与千古的书生没有丝毫关系。
他是江山社稷，他指点迷津，
无所谓来，无所谓去，无所谓瓦上霜，门前雪。
大地辽阔，我们的书生行走在古朴的诗意里，
他飘逸，他安静，他毫不理会人世间，杯中情。
没有好，没有坏，我们的书生一觉醒来，
抖落身上的灰尘，漫步在情怀之外，世俗之外，

像一个走向墓园的先人，一身青衣，寒气逼人。

2014.4.11

花　台

这一带我熟悉，非常熟悉：
三角地带，城市雕塑，商业银行，书店，
一阵阵风靡，一阵阵撤退。
我最多站在阳台上，看眼下的情形，
小叶榕，多么茂密，一年四季乐观无比，
绿叶长青。木棉带着坚硬的身体抗议，
抗议对岸的高速公路，
轻易就断言看透了我的一生。
花台明显不屑红绿灯，不理会我，
六年了，我看着相思树，开花，
看着小叶榕，风中飘舞，姿态美极了。
如果是黑云压顶，高楼已经模糊，
车站里的小妇人早已进入夏季，
短袖长裙，遥望回家的公交车。
优秀的香椿树，繁华的橡皮树，
为自己活，为别人死。
这一带空气优良，无疑是风的功劳。

风把花台修饰成慢性子，风湿，关节炎，
分享着五院①的医生护士。

2014.4.16

---

①五院：攀枝花市第五人民医院的简称。

家

没有黄桷兰，也不在乎，

没有石榴花，没有夜来香，更不在乎。

我经历过官僚主义，形式主义，集体主义，

时刻都败坏着家风，像大理的气候

心高气傲。我喜欢的家，

肯定不是小家碧玉，不是墙头草，人来疯。

我不喜欢北方，那里太冷，伙食也不怎地；

也不喜欢大城市，那里太拥挤，空气不干净。

我喜欢湖边有一个家，

视野辽阔，微波荡漾，自在悠闲。

白天打鱼晒网，晚上喝酒行令。

我喜欢的家不一定在山上，

山上风太猛，人心太冷，

高处不胜寒。那些豪宅，别墅，我也不喜欢。

我的家要安放在水边，一排木房子，

好几个房间，我一个个换着睡，

我把这几个房间分别取名为

达县，北碚，成都，昆明，
最喜欢的房间无疑叫攀枝花，
我在那里睡得长久，也睡得舒心。

2014.4.16

风吹过木棉

坐在纪念碑的草坪上，看着
对岸的攀钢，攀钢上的山岗，山岗上的黑山，
安静，遥远。我知道这是一座城市，两条江，
我们相隔在两个世界。一个深入钢铁，
一个在钢铁中消失。多么像我的几个哥们，
穿梭在宽阔的工厂，梳理着自己的婚后生活。
风吹过木棉，一团团白色的飞絮飘落而至，
奔赴在今天的第一线。有些人失去是为了获得，
有些人为了星辰而忘记姓名。
你在孤独中手执桃花与折扇，不再被人折磨，被人
　　唾骂。
你游荡在孤寂的边缘，拥有更为孤寂的春天。
春天吹过商场，吹过漫山田野，
风吹过木棉，像一个美少年，一介书生，
窗下写字，画画，写春雷的春，秋实的秋，
画一股清泉，在宣纸上细细流淌，
也无法让你看清前朝的自己，

现世的谜团。风吹过木棉,每年都吹来……

2014.4.17

少年记

你低头，探视着房间，像黑社会
的探员，你没有瞧见自己的隐身
行走在社会的边缘。你被英语熏染，
却不知道伦敦与英格兰，
再大的梦，再强劲的孤单，你没有到达。
教堂，墙上的李子花，似水流年，
你更倾向于白日梦，黄昏恋，一日三餐。
堰塘的下面是遍野的油菜花，
一个少年，迷恋彩虹胜过迷恋雨过的蜻蜓，
还有天上盘旋的乌鸦，
再小的麻雀也是竹林里乘凉的客人。
你离开，肩上洒落星光，你的心
没有界限。当你低头，你看到更远的少年
追赶着每天的风，落霞，陋习不改。
大海一直在呕吐，海水蔚蓝，
你抬头，立即抵达风暴中的村庄。
美与邪恶，充满你一生，冰雪覆盖大地，

你走之后，你的影子不在，
空寂的山谷留下更多的少年。

2014.4.18

017

远　山

黑暗一下子安静下来，远山一如奔驰的内心，
山茶花开过，枯枝开始长新芽，
江山与美人，你一个都不要，
我带着冰带着黄连，
为铺子里的耳朵卸货。我带着血带着糖，
为赶路的病人补充营养。
我羞于表达，在山中闭关，我的真身
不断涌现虚妄，涌现欲望。
你既可指山为山，也可以指鹿为马，
你看，黄昏一派气象，静坐的偶像不是黄昏，
而是节日里的红气球，啤酒，沙滩上的烧烤。
一开始就是结束，谁在关心村子外的书生？
那桥下的溪水清澈地流向官场，
流向衙门，流向录像厅。
一群少年跟着一群少年，追赶着他们的祖先，
他们的祖先在黑暗中安静下来，
一如远山奔驰的心脏。

2014.4.24

身　影

你用急迫的语速讲述着一次车祸的秘密，
也用惊恐的语速讲述着一个生命的坠落。
车在天上行驶，车，吃人的车，
带着老人与小孩，慢慢消失云端。
你相信，重新站起，并带着风水中的祸害，
一些人依然在树下吃菜，喝酒，
默默回忆过于简单的一个下午。热，像铁烙在脸上，
催命般拉扯着街边的橡皮树。
树下，几张圆桌，几张紧紧而急切的嘴巴。
你纤细的思维开始无谓的联系，联系电话以外的声音。
一些人生意兴隆，一些人日子暗淡，
更多的人无所事事，住在你的隔壁，
或者在街上行走，去见一些家长，
去拜访一些衣裳，凉鞋与晾衣杆。
细微的光从树叶间密密落下，
就像一些好日子，一些沾着蜂蜜的小馒头。
如果你还在想念远方，不妨想想渡口，

一只野鸭，两叶轻舟，三张稿笺，

纷纷涌向星光，涌向台联①的灯下。

2014.4.24

---

①台联：作者所居住的小区。

一眼望尽

一个在坟墓里生火的人未必有怨气，
一个在值班室里打游戏的人心生杀气，
麻烦接着麻烦，幸福接踵而至。
那在院子里修自行车的人也有晦气，
那无所不在的蟑螂，老鼠也没有邻居。
一座山下。务本的油桃请你光临，
大黑山的风时刻准备着凉意。
我一眼望尽，山下也有万人迷，也有
甘草密集之地。当万人空巷，凌晨的出租车
嗤嗤嗤嗤打扫地面，犹如童年里的高烧之夜。
你的软骨病，你的灰指甲，
在薰衣草的忧伤里感染着夏日的冰淇淋。
那些死在阴沟里的酒鬼，那些抱着美人归的胖子，
一只公鸡无法愤怒，哪里有两只下蛋的公鸡？
当我在一病区一再地奔走，我的那些远房亲戚
并不知道花粉中的病毒，我的那些先人，
他们吃饱喝足，在睡眠中打着饱嗝，

在墓碑前雕刻树木。一块风水之地，
足以保护我们的后辈，他们在禅意中阅读善良，
就像吉祥之光在群山中缓缓升起。

2014.4.25

敌　人

我的那些朋友，一个个开始变老，

我不相信他们是真的，真的还活着。

他们一步步接近一生的黄昏，一如山梁中

一天里慢慢过气的寺庙与钟声。

等等那些没有断气的人，等等那些凌乱的脚步声，

等等那些想杀我的仇人，

我的仇人多么英俊，年高气盛，个性鲜明，

佩戴着白头发，佩戴着剑，衣袂飘飘，

行走在菊花的前沿，专吃死人的心，死人的恨。

无所谓，我已经厌倦，当我不再仁爱，也不再恨，

那些江湖中的情仇恩怨，对这个世界，

已经不再依恋，请给我药，给我毒，给我伤，

我在现实中接受一切击打。

当爱不再来，请把我的爱带给草原，

当死不再来，请把我的心抠出来，抠出血，抠出眼睛，

抠出有用的器官，捐献给我的朋友，我的敌人。

让我不能安息地死，大度地死，

一直折磨我的死，死中的死。
在我的坟山屙屎，撒尿，嘲笑我，挖苦我，
石头滚下金沙江，把我的骨头淹死，碾碎，
风吹过寂寞的胸膛，没有一个后代站在我后面。

2014.4.28

下午的诗学

一个失败的下午，来到你诗意盎然的人生，
那些美学啊，那些前途啊，那些盛开的苏铁啊，
纷纷涌现先祖的庇护。你用失败的人生，
来证明自己的婚姻，收入，病中的痛，
连着关节，连着十二楼的暴风，犀利的针头。
身体正在高涨，木棉停止休息，
隔壁的小姑娘弹奏着古筝。
你用简单的词语去总结这个下午，
下午的茶，下午的诗学，下午的凳子与凄凉。
一个空洞的下午，犹如你空洞的肺，
你空洞的嘴巴，早年那些坚硬的牙齿
献给无聊的家庭。那些行尸走肉的日子，
那些行走在群山上的狼。
再次伤心吧，一个下午
在没有任何征兆的情况下滚动如江水，
浩淼如烟云，如手里一支细细的烟，
"黄河之水天上来，奔流到海不复回。"

你坚持说："黄河之水天上来，孤独到远不复来。"

一个失败的下午，就如时报，如科技园，

中间隔着两个时空，欲说还休。

2014.4.28

从没有发生

在小叶榕的阴影处，你站成一个白天，
一个正午。当漏下的光线晒着你的脸，
你把自己梳理成汉奸，叛徒，变性人。
排着废气，亲近二氧化硫，然后把玻璃
贴上左肺，每夜都发飙的马匹，
隔着防热膜怀疑自己的奔跑是否值得。
哎，一天中的码头不必排毒，
一生中的渡口不再成为重点。
你培育着后代，感谢苍天的粮食，
先人的庇佑。发动机无奈地凝视着雅砻江，
车内一排寂静，你怀疑自己是否寂寞地生活。
道路两旁江水冒着白花平静地流着，
平静得如同小叶榕的阴影，
那么多人无视阴影的存在，无视
一生中一部分安静的时光，在父亲的背影中
越走越远，慢慢消失，仿佛从没有发生过。

2014.4.29

同　事

天开始变得有水汽了，对面的山笼罩着
一层薄雾。昨晚凉爽的时候，我梦到死去的
同事，他在手术台上，给我看耳朵，
我说耳朵发炎牙齿就痛，他在我耳边
急切地说，你看我的报告。
我没有明白他的意思，是看他的死亡报告，
还是看他给我做的病理报告。
我一下子就醒了，一个死人闯入我的梦中，
给我看病，是很害怕的事情。
我起床，在房间走来走去，没有睡意。
同事去世一年多，我没有梦见过他，
在一个下雨的清晨，他进入我的梦中，
带来的不是问候，而是死亡的威胁。
看着对面的山，在雾气弥漫的氛围里，
时隐时现，我穿着夏天的衣衫，到女儿房间
为她盖上薄薄的被套，她在睡眠中迅速蹬掉，
露出不怕冷的小身体。我去厕所，

然后重新回到床上，希望同事告诉我准确答案，
一觉睡到天亮，他再没有出现，
他惊愕的表情，一直在脑海里晃荡。
一年多了，我不知道该给他说些什么，
工作，生活，阳台，香烟，热与冷，
这些物质离我很近，离他是否遥远。

2014.5.4

傍　晚

听听豌豆角的叫声，在清晨里，
混合着斑鸠的一声叹息。郊外，没有人
打搅枝丫上宁静的菠萝蜜。
我一生都在重复，在厨房忙碌，
为几张嘴巴穷尽我的青春。
如果要我说出这香椿树的禅意，为数不多的
几个来日，在数落着这寒冷的天气。
满地的羊子吃着昨天的青草，
青草的肺被吃下，只剩下骨头和汤。
一顿不要油盐的晚餐，逶迤在胃的山梁，
一会儿看微信，一会儿听天上的戈壁，那些云朵杳
　　无声息。
我十年没有想自己，也没有想深处的人影，
深处的脚步隐身，在傍晚游离，在风的拐角处再次
　　浮现。
一些鸟，很多年不认识，
在杧果树上屙尿，白白的屎尿溅落在泥土上，

像萤火虫的眼睛。

我走着，在山间田头做一条无语的溪流，

冲洗着那些年被忽略的肺，被空气冲洗成一流的

石头，在每年的这一天，等待着深蓝色的结局。

2014.5.5

龙肘山

你要做一些必修的功课，把开水冷却，

把汽车加满油，把城中的花粉抛在脑后。

山中是空旷的古都，橙色的梯田

向着龙肘山一排排铺开。

一些索玛花含苞待放，松尖的露珠胜似莲子羹，

你用平静的心情拷贝山间的风，

头上的云。你说，一年就几个月份，

没有一个月份是正确的，是经过餐风露宿的。

车子无法过去了，前面的路开始变窄，

那些土暴露在树根下，像云雀起舞。

你希望自己被安顿，在溪沟边注视着水下的鹅卵石，

那些水流阵阵涟漪，像褶皱的丝绵被。

前面是没有经历的山，

后面是陡峭的过来的路，

此时你站在GPS全球定位系统前，遥望着远山。

山上的雪终年不化，白白点点，衬托着一些光辉，

太阳在云层里努力攀升，

丝丝阳光把整个山谷隐隐照亮，
你身后的空间顿时罩着更多的人，
那些人在巨大的空白中无处藏身。

2014.5.6

羊　子

起码有五年，我不再被头上的白头发所困扰，

一根白发在一群黑发里，

是微小的。就像一群羊子在深山里

迷路，一只羊子在春天里就是一只羊子。

松树下的岩石，被雨水冲洗，

形成密密麻麻的小洞，

褐色的洞被风灌满，

呜呜作响，迎合着松尖上的风声。

你在孤独中坚守的那些时辰，

我正在等待头上的白发落地生根。

人群跟了上来，我看见那些迷路的羊子，

低头吃草。完全不理会草之外的任何事情。

在夜晚到来之前，我明白

我确实没有一只羊子耐看，坚强。

2014.5.12

西佛寺

你必须认识一种小，有汤有肉有骨头，
有很浓烈的水汽在上升。在小的身边，
你怀念策兰，拉金，托马斯，
不怀念我，我的语气柔软，酒气穿肠而过。
你写西佛寺，没有写禅宗，对庙子大不敬。
你写西区，写你的后花园，
几个吃樱桃的美人，你写啊写啊，
写不进一个小，一个大字。
佛不吃肉，也不喝酒，更不啃骨头，
你吃杂粮，喝烧酒，不得关节炎，
你的水龙头坏了又好，好了又坏，
时好时坏，你的前列腺，你的好脾气
处处有西区，西区，一个大杂院，
住着那几口子去了成都、都江堰。
我看到你的小，你的字，还在玉泉广场散步
打扫卫生，一群孩子跟着，在你身后
嘴甜甜的，酸酸的。一个喝酒的高人

得了痛风，他在床上平躺，呼吸，叫唤，
你无法坐视不管。你带着你的小，
去看他，他的大肚子，他的疼痛，
掩盖在二院的住院部二楼。

2014.5.14

停　下

走多远，你还是要停下，

停下你的纸和笔，还有你睡觉流出的口水。

你睡着了，比睡眠更舒适，

多少门外的声音你都拒绝，

你更拒绝突然而至的脑溢血，中医院的输液。

你的笑我至今还记得，

一个年轻人的笑，憨厚的嘴唇，

国字脸，重庆的高温下，你静静的笑。

这么多年了，我无视过你的笑，

奔波在生活的周围，为自己，为家庭。

我也来过大坪，石桥铺，解放碑，

二十年了，我依然记得西师桃园，

你鸭子一样走路的姿势，不急不慢，

不为外界所干扰。

总是很匆忙，我也总是看到你手拿着碗，

去食堂打饭。兄弟，你还饿吗？长胖了没有？

你走了，我们也要停下，

为那些脑袋里奔走的血，为你奔走相告，
一切，停留在一九九四年的某天。
重庆炎热的空气在升腾。

2014.5.19

河边的端午

你怀抱着茱萸、薄荷，走向端午的河边。

一个诗人为了鱼，为了良心，

跳下江河。你不为诗人而来，

你为炎炎夏日的清凉而来，

为了儿子，为了女儿，你断然诀别

自己的男人。一亩三分地，地上分明

有怀旧的月光，丝丝缕缕照进竹林。

竹林里有几位贤士，弹古筝，喝清酒，

他们是清朝的翰林，北洋的水军，

脸上冷峻，浑身蔓延着青春痘、荷尔蒙。

你看到的那些脸庞，在为民族悲戚，

你看到的那些月光，在为古人流泪。

三千里，五千年，你一个个来，一个个爱，

爱与恨，都是柳叶的两面，

在刀口里深入心与肋骨。

无数次，你在竹林里逶迤而来，

脚下厚厚的竹叶干枯而死，沙沙的声音

从一个家族的岩石下汹涌而至。
江河依然坚持着自己的风水，
在接近村庄的时候不再含蓄，
风平浪静，朴素得如同民国的舅舅。

2014.5.21

命 运

我要找个律师看看自己的命运，
这个律师必须戴着遮阳帽、墨镜，
留着小胡须，打着蒲扇，
坐在小叶榕的阴影处，
活像一个游离人间的半仙。
我要让他看看我的桃花运、财富运、生死运，
问问他这个炎热的夏天哪里还有桃花，
哪里有端午的岸边，哪里有我的金子，
有我的生与死。他必须慢条斯理，
遮遮掩掩，声东击西，说得我深信不疑：
明天有一个女子，穿着明朝的汉服，
在金沙江的渡口等我，
她会给我一簸箕的银子，
带我去大黑山修建一个大大的庭院，
院子里除了鸟儿，还有偌大的梨花床，
我们会在这个家里创造奇迹。
这个律师，最好是个女人，她说的话

就像秋天里的菠萝蜜，
让我不忍离去，不忍回到现实的空气里。
我为了这样的生活等待了大半辈子，
胸口以下的土顿时消失，看到年轻的身影
漂浮在我的上辈子里，忽明忽暗，
一会儿真实，一会儿虚拟，
奔走在前世里，永不到边，好不辛苦。

2014.5.22

尽 头

感谢你，为这一天中的收入，

为这月薪，奖金，福利，为这些银子

我必须站在阳光下看那些人：

交警还在移动影子，

橡皮树下的清洁工躲阴凉，

那些上班的人呢，比如我，

也在树下等通勤车。我爱上这天气，

天桥下的小学生爬往学堂，

校门口的小卖部吸引着小胖子。

一年多不见的好奇，源源不断送往松下，

我在松下喝酒，吃别人的良心，

啃骨头，吸骨头里的油，

满嘴油光，吃不完天生的蠢货。

如果说我幸福，请不要羡慕我，

如果说我辛苦，请不要挖苦我。

在河边，一些消息没有下落，

在家里，一些人影消失无踪，

我的身上，有一座山，我的心里，

有条跨不去的江。感谢你，

这甬道的尽头，有三棵树，

去年是三棵，今年不会变成四棵。

树的尽头，还是尽头，尽头后，

几个老人坐着抽烟，等儿媳妇回来做饭。

2014.5.22

凤凰树

看到岩石上的凤凰树
放马过来，我坐在车上，
窗外平静，正午的阳光照射着凤凰花，
红色的喇叭吹着冲锋号。
我相信，这些活着的凤凰树是有毒的，
那些年，虫子吃着树叶，吃着花，
市民砍掉无数的凤凰树。
这些活着的凤凰树多么健康。
那些死去的凤凰树已变成石头，
纠正着以前的道德律。
一朵花，两朵花，更多的花，
组成一个家庭，简单、盲目，
没有任何借口向我说话。
凤凰树，从植物变成石头，
过程可以忽略，而这些家庭，
这些静静的植物，承担着多么大的
任务，清洗这高温下的水龙头。

2014.5.23

繁　华

你带着一天的繁华，冷静如秋千，
你带来无所不在的秋日之消沉。
户外，一些鸟儿飞来飞去，一些河水
泛起清波，清波之下无轻薄，有厚重。
厚重的水流，厚重的鹅卵石，
朝着一流码头、渡口、船舶而进。
你面若桃花，身着素服，
展现良家妇女一天中的勤劳。
前厅，老公公跷着二郎腿喝国胜茶，
后庭，儿女们在木瓜树下捉迷藏。
你穿梭，忙绿，编织着生活，
你梦中的溪流依然是溪流，
在娘家的房前流着，如同这些日子，
你带着每天的繁华，一步步走向深秋，
深秋后面，树叶落了，草甸开始枯黄。
柏林山上的杜鹃已经凋谢，
柏林山还站立在几千米的云端，

望着你，望着盐边，一直没有改变。

2014.5.28

诋 毁

我接受你的诋毁，接受石头变成灰。
你是病，你是病中的细菌，
你厚厚的舌苔变绿，变成妖怪，
大多数时候，你胆小，也不制造事端。
诗意的栖居，可以换一种说法：
你生来就是持枪的人，
你生来就是我的敌人。
我接受你的长舌，也接受你的白癜风，
在同一种气候里，
我不爱人类，不爱亲友，我只爱
普天下的恶毒，一号病区的肿瘤科。
从这里，我走三步，到达，
从前，以后，都是一耳光的距离。
我坚持说，你肺结核就是尿结石，
你膀胱炎就是妇科病。
见识了你红肿的血管，血管里细细的黄喉，
见识了你树荫下的低头，一生里暗淡的光阴

遮蔽着你的青春与存在。

再往后，我记得你的善，你的笑，

在一个无人理解的清晨，身后的岩石，

屋前的河流，一直默默支持着广阔的土壤。

2014.5.28

未 来

阴凉的树下，你悄悄述说着未来：
你要把乳房变成一座城池，
容纳更多的骄傲。美的皱纹
也将随之扩大到周围。从病人的
血管到肥大的屁股，只有一只针头的距离。
输血科的护士，在清理雪中的垃圾，
一年中的楼道永无停息，就像初中发小的
呼吸。一天天练习，海洋以舒展的姿势
进入更壮观的海洋。
在树荫下，西山的禅宗源源不断，
从耳朵、颈脖、项链处涌现。
一座更大的城池肯定不比乳房丰满，
比如这树荫将在三个月后消失，
医技楼将代替停车场，
后面的水族馆也将不存在。
知了在树上叫个不停，在四十度的高温里
呼唤夏天的真谛。一块处女地，

比处女更加期待开发。

阴凉的树下，你悄悄述说着未来：

丰腴的乳房将变老，下垂，成为病中的一员。

2014.5.29

水 墨

你可以把静物画成水墨：
墙上的长青藤是如何爬到楼顶的，
如何碧蓝的，楼顶是如何迎风吹的，
再上面，云朵是如何运动的。
你关心夏天，关心冰淇淋，凉面，
拉扎生态植物园有更多的树林，楼亭。
如果你不去经历，哪来的油画与瀑布，
如果你不感冒，哪来的喷嚏与发烧。
车内，你安静地听着布鲁斯、乡村音乐
让灵魂飘飞到美国。那些黑人兄弟
五声音阶胜过交响曲。还有西双版纳的
葫芦丝，单纯如遥远的海水，
无休止朝你深处的影子冲洗。
你访问过更多的香椿树，更多的桂花树，
在昆明，你在紫外线里熟悉种族与亲戚，
也熟悉高架桥下的焚烧炉。
你吃啊，走啊，春天，蜻蜓，蜘蛛，

那些会幸福的更加幸福。

我会在星空下遥望群星，

会在飞机里俯瞰云层，

我的家乡一会儿就被移到嘉兴。

祖国太庞大，而你只需画好手里的画。

2014.5.29

女诗人

安静下来，世界就大了，
中药之外不需要西药，
你完全可以忽视海洋之外的礁石，
礁石上湿润的海苔。
一个波兰的女诗人，从没有写过
大海之外的事情。她写着家，家外的树，
树下的墓志铭。安静的诗人，
从来不喜欢夜啤酒，不喜欢烧烤。
年轻时的貌美，中年时的唯美，
她收录着记者、新闻之外的伤感。
波兰，犹太人的波兰，洛夫斯基的波兰，
德语，法语，唯独不排斥中文。
中文之美，辛波斯卡之美，
爱尔兰之美，希尼之美。
我该如何报答这些美的使者，
来到下午的使者。
以巨大的文字之躯在体内奔跑，

从川东跑到攀西，直到生，直到死。

在生死之间，我们平静地呼吸。

2014.5.30

方山之夜

院子外，诸葛营一派安静，夕光
照着万顷松林。松涛阵阵，呜呜地吹来。
太阳像蛋黄，停止输送炎热，
悬挂在山岚中。院子里光线充足，
核桃树，桃子树，杨梅树，花红树，
是傍晚的阴凉之处。
孩子们跑着，他们的欢乐不是六一的欢乐，
是大地的回音，他们不知道冷热，
只知道玩乐。夜开始降落，
热气消散，松涛送了高山里特有的风声。
我们依靠着风的走势搭建帐篷，
无论如何，与土地的亲近是无偿的。
我起床，被冷风吹醒，体谅着这个夏天以来
少有的寒冷。星空下，万物静默，
松林里的风呜呜吹着，
帐篷随时都有被吹走的危险。
星星在空中，月亮也在，云朵透明，

注视着高山上的花朵与田埂。

我起身，感到寒冷，方山之夜，

远近闻名，就这样注视着天，

天下的生灵，是否跟我一样感受着云南，

四川，交界之处完全是两重天。

世间奇妙无比，我们在星空下躲避心里的热浪，

从一开始，世界就在树林中秘密生成。

2014.6.3

世界突然安静

他的父亲以贫穷的方式移向每个夜晚，
世界突然安静。他的兰花烟刺伤着空气，
空气里的高山，高山上的燕麦，
受尽伤害。腹部开始鼓胀，
更宁静的水流从龙肘山脉流过，
无数次你为父亲骄傲，
父亲是雄鹰，也是地窖，
父亲的脸沟壑纵横，他从没有泪，
他的笑是阳光下刺鼻的洋芋。
山永远深褐，永远贫瘠，
就像父亲的背，养育着汗水。
你以后来者的身份光临这片大山，
又以祖先的名义重复着每天的路途。
我无视过你手上的伤疤，也忍受着
你身上异域的味道，这浓浓的味道
从你的隔壁一路飘来。
我坐在你身边，你把我称作汉族的兄弟，

听你讲家族的荣光与死亡，
我暗下决心，视你为兄长，
你酋长的地位将写满今夜。星空下
胸口以下的位置，是长满兰花烟的会理。

2014.6.4

贫穷的尘土

你与后山的距离就是万物湿润的六月，
从北洋到民国，一些女子依山傍水，
一些人情是是非非。你坐视不管，
深入到水杯的位置，从杯子里凝视
朝朝暮暮，荷塘边，晓风残月，
一些青春被虚度，一些光阴被带走。
你与六月的距离就是万物披肩的后山，
一些石头在生长，一些战争在继续。
从清朝到民国，你拖儿带女，油盐不进，
从江南到湖北，你遗忘着初恋，
将家建设在孤苦的山梁。
远近都是山，远近都是水，
山山水水难掩这破败的祖国。
你以武当山建立清朝的帝国，
你以大巴山的走势设置故宫、红墙、寺庙。
十堰是烟云之地，也是世间的布道，
道可道，道非道，道缠绕着宫廷别院。

如果可以瞭望，这鸟鸣的人间，
如果可以遗忘，这月亮移向山岚的方式。
请再次起身，感谢这贫穷的尘土，
这贫穷的尘土埋葬着健壮的父亲。

2004.6.4

先知的边界

用半个时辰的时间去触及
先知的边界，窗外的事物不断在变化。
你看，壁虎在长青藤中间穿梭，
它的头小心、无耻而且张望，
松鼠也开始练习跳跃，完全不理会害怕。
试着去熟悉树林里每片叶子的变化，
用熟悉的方式去了解剩余的时光。
树叶凋落，死者复活，幽灵深夜里徘徊，
从山中起身，我用更多的时辰去修建
内心的花园，必定有咒语现身。
当世界突然安静下来，耳朵无法承受噪音，
死者从安息的灵魂中站起，
将为你送来每天的粮食与水。
又是谁在这深深的林间小路里独自寻找，
又是谁走向厚厚的云霞飘落的半山腰，
无数次试着去接近你，倾听世间
留下的最后的哀求，让人柔弱不已。

在这先知的边界，只能如此低微地呼吸，
任何响声都是对上天的不敬，让我屏住呼吸
走向这日渐繁华的星球，每栋即将完工的建筑，
从更深的房间里出来，顿时倍感无奈。

2014.6.5

木棉树下的伦理学

你记录着窗外气候的变化，

学习木棉树下的伦理学：

几位老人，辜负着钦差的使命，

一把芹菜就是雨后的桥梁，

连接着黄昏，黄昏下的肺气肿。

你的咳嗽投诉着阴天下的气管炎，

匆忙的大夫穿着白大褂，脚步轻盈，

在生与死之间，是白茫茫的墙壁。

养生的最大教育就是在树下养神，

几只狗阔步走着，视察灾情，

一只猫在相思树下打瞌睡，

没有人走来，一条空旷的街道

能听到呼吸与心跳。

你吃着荒芜的黄昏，吐出失魂落魄的内核，

看着地下的积水，无助地关闭眼睛。

你是周遭的马蹄声，跑遍山野下的

荆棘林。你关闭耳朵，

不去理会仁和的雷声，慢慢起身，
去往大雾弥漫的桑树林。
那些桑树等待着一个老人的回归，
等待着，蓄满雨水的桑叶迎着风吹。

2014.6.11

山的群体

去注视一些树，一些花，木棉树下
是你熟悉的落英，是一些别人的徒弟。
该学会判断一只球的去向了，
该诅咒一只苍蝇的翅膀了。
你说，谁是这午后焦躁不安的花环，
试着去倾诉此时的病痛，小叶榕下的
石子路，慢慢地浸润一圈沙土。
你看着蚂蚁迷失在树叶间，
慌张的样子如同羊子在山上张望，
羊子的脸是一张长脸，有着人一样的表情，
眼睛里满是惊恐，身子紧绷着，
羊子可以安详吃草，喝水，
也可能畏惧夜色的降临。
在山间，你与石头，落叶，河边的芹菜
一起进入到茫茫暮色。
黄昏时分，你分明懂得叶子的两面，
加急蓄积着光线，养分，白天的分离。

你按照路的指引，慢慢融入山的群体，
山外，一些鸟开始鸣叫，
一大片雾正急匆匆地赶来。

2014.6.13

时光被吹走

将被淘汰，在这上午的临风之窗下，
风细微地摇动着树叶，树叶上面的山
一万年不变，而光线充足，太阳躲进云层，
毫不起眼的电线穿过社区，仿佛置身孟买。
将被风淘汰，因为风历来就是穿过树林的，
将被树林淘汰，因为树林一直是静谧的。
树林属于死者，而死者是至高无上的，
死与生，生更沉重。健康与疾病，
肯定疾病高过房价，即使是二手房，
都能看见时光的分量。时光摇曳，
如同树林暴动，风吹草低，
人群全部去看世界杯。在印度，
一个小小的相机也能装进偌大的人群，
装下电线杆，车站，狭小的巷道，
那在贫民窟的小女孩还没有看见过大海，
她的大海容纳一只桶的水井，
邻居的胖大婶，在骂声中比分打成零比零。

我为一部纪录片伤心，从凌晨的足球场一直
延续到上午的窗户下。山外一派明洁，
风中有一股潮湿的大海的味道，
一直在淘汰着更多的夏季的时光。
时光被吹走，吹走最美的县城。

2014.6.16

衰落的青春

青春被一滴雨水浸透，鼠标无法定位，
这时的帝国被江河感染：
你或许会跟随一群人成功登陆，
在摩梭河附近，你无知地翘望这个陌生的
岸边，白鹭翱翔，芦苇荡漾，水草肥美。
更多的声音来自你内部的分泌，
这些必须的物品等待着马匹，
也等待着暗淡的光阴。青春，被你再次消费，
也被你逼迫到遥远的刚果金。非洲
辽阔得像曲线优美的小S，沙漠中
火热的苹果，硬硬的坚果，一一去向
你家的后院。你坐在树荫下，
躲避衰落的青春，你的青春如同
壁虎，无微不至地照顾类风湿。
你皱眉，埋头，在地上写字，
无数滴雨水滴落在你手心，
你感觉温馨，如同久违的梦境。

如何对待枯枝，就如同怎么对待老人，
你说，被迫无奈，也是离家出走的少女，
在孟买，你遭遇更多失望的门庭。

2014.6.16

辑二　时光暗淡

时光暗淡，黄昏中广场在柳树下等待黑暗。

我将开口，说出一天中最初的语言。

当你抬头，从挂着烟叶的屋檐下穿过，

巴　蜀

你生于古老的巴蜀，一股穿堂风
呼呼而至，风的孩子也有性别歧视。
拖儿带女的河流，远方的家，
那些河流凌乱地冲刷着石头。
石头上的狮子与龙依然安睡，
你在桉树下藐视着走来的族长，
他的教育日复一日，从没新意。
那是一个混合着油菜花与菜籽油的下午，
你渐渐消失在原野，转身走向别处，
别处的母亲没有醒来，
你听到内心强大的呼吸，
静止的愤怒终归平静，
更多的人是多么消极，你跟紧着少年的
衣裙，悄然滑翔于色情的胸脯。
多么辽阔的市井，无需你浪费激情，
在生理周期，你坚持着，
星辰逐渐形成，云朵突然布置，

你挖空心思保持着州河的河湾。

河湾处凤凰山照耀着青山，

你丝袜一般的情怀完全坠落，

带着中年的猥琐，滑向寂静的门童。

2014.6.26

大巴山

大巴山的石头是沉默的。

我坐在一块白皙的大石头上，

更加沉默。

远山和州河，从没有打扰

彼此的边界。

山河锦绣，犹如母亲的醪糟，

醉心于院前的落花。

大巴山早早地高过我的头，

站立起来也顶不过一小片云朵。

家人已离开，

去寻找祖先的碎骨，

苍穹依旧，我看到的山是如此巨大，

落日把整个山梁纳入胸怀。

这是何等广阔的胸怀?

看着落日在州河的岸边

缓缓降下，夕阳下

我们的孩子喜欢聆听，

他们在等待着祖先们归来。
另外的脚步从身后的密林里
静悄悄地传来。

2014.7.1

后 山

时常站在悬空的后山

看自己高中时的孤独。

那时的孤独是二十岁的孤独，

我孤独的世上只有一个自己。

后山，算另一个朋友。

火车，呼啸的火车，

隆隆开进，活着的大巴山瞬间窒息。

身边的树，老得像先人，

树皮变白，纹丝不动。

这棵悬崖上的树，

萎缩在一块大石头后。

常年与它对视，

老得像一块朽木，

春天里，风清凉，

杂草疯狂地蓄积着雨水。

对面的山坡人丁兴旺，

房屋冒着青烟。

当我站在后山，
火车又呼啸着来了，
我的心被震得凄惨，
山后的树枝凌乱地摇摆。

2014.7.1

庭　院

一生中，它有朴素的方向

和河湾。很多人来到这里

放下身段、功臣和荣耀，

又回家种田。

一生中，它茧绸般柔顺，

似水似年华。

我也曾经来到这里，

睡着并醒来，

朝着山的轴向反复祈祷、沉默。

浑身都有潮湿的雨露，

我的骨头一如古树，

一手遮天。

这山河的宁静，

这繁华的人世间，

没有放下我的悔过。我如果爱过，

这禅意的秋，悲凉的河流，

风吹花落的庭院。

一些人纷纷落马，
一些人奋勇向前。

2014.7.2

芒 市

一些山的亲人，撕扯着内心的
惊雷。为了一次赴约，
我的头发没有变灰。
一动不动，等待云中传来
闪电。站着，以荷叶的姿态
迎接雨水、薄荷、天空之城。
一颗孤独的心在深山住着，
一位老妇的孤单
狠毒而又刻薄。
她燃烧的乳房胜过小儿麻痹症，
她独此一间的窗帘拒绝雨燕。
波音777没有翅膀，却从缅甸穿过，
我长久地期待大青树下，
一次美如尼姑的约会。
她的到来无疑将我置身于芒市的夜景。
一些人拉灯，
一些人无眠。

我将备着马鞍与香水，

骑着惊雷来到你的河边，

你傣族一样的裙子没有国界。

2014.7.3

山 谷

山中，俊美的猎人沉睡在山河的
浓雾里，一段段山脊像白色的锦缎
扑向生猛的树林。
当更大声音响起，
俊美的猎人被惊醒，
他在春梦中美食，他的需要仅仅是
前村寡妇白皙的手臂。
春雷惊醒不了大地上的
一朵藏在树叶下的蘑菇。
起身，端着，他的姿势是男人的威武，
他渐渐消失在山谷茂密的
头发里，像他一头栽进
一泓火花四溅的瀑布中。
山中没有比草地更广阔的
视野了，他瞄准，屏住呼吸，
朝着清明前的江山开枪，
他像明朝的皇帝，

在广袤的山谷里，为自己
窃喜，黑黑的肤色与大地融为一体，
茭白的牙齿，撕咬着口腔里
上等的药材，他与山为伍，
消失在山鸡展翅的奔跑声里。

2014.7.16

大黑山

大黑山，请停止模仿，

我已经安检通过，将坐飞机离开。

将车子停好，

听一首布鲁斯，天气良好，

攀大在游泳馆里嬉闹。

玉佛寺静静地停留在拐弯处，

他看破红尘，

却等不来一个老尼姑。

不明白他的伤，

他被诅咒，却像尼姑一样坚强。

看到大黑山与我平起平坐，

样子威严，模仿着一幅水墨。

一些蘑菇开花，一些墨迹侵入到

昨夜的枕头。

明洁、大气的山林，

似乎摆脱不了外来口音。

对面的雾气正悄悄消失，

就像一些先人在等待着闺女，
那些闺女天下无双，她们拥抱着
两条大江，乞求菩萨保佑。

2014.7.29

人世间

坐下来，享受一段雨声。

细细的雨密集地输送着养分，

清洗着道路，树叶上的灰尘。

你将再次迟到，

为蓝冰，为燃烧的夏季。

袭击不会再来，远在海岸线的海啸，

不会再摧毁一个宋朝。

一个人在雨中难免目光短浅，

他行走在一个人的江湖，

仗剑直言，仿佛胡须枯萎的老生，

他唱着花旦，写着一手好字，

却要在江湖留下好名声。

身后的青山身披烟雾，

在厚厚的雾气中露出山中的空旷。

我在空旷的江湖中等待，

那人还没有到来，

天上是宋时的古风，

在风中，一幅静谧的水墨行走在人间。

2014.8.1

模　仿

再深厚的积雪也无法模仿太宗的阁楼，
他在阁楼中窥视着唐朝，
初唐的诗人们萎靡不振，
精神好不过一枝生病的蜡梅。
我在云南模仿着命运，
同时也模仿着后来者的盘山公路，
后来者，不一定是模仿者，
也不一定是健谈者。
后来者也模仿着我，曙光后，
太宗开始演讲。
在一个古朴的楼阁中
静听南风是否从南方吹来。
我想一个庞大的唐朝也不过就是
眼前九龙瀑布的水声，
一声更比一声难。
阁楼里汇聚着古怪的蚊子，
飞来飞去，模仿着我的前程，我的后半生。

2014.8.18

水　妖

普者黑，喀斯特地貌
似桂林天下。彝人在荷塘边
生儿育女，围着山，围着家庭，
揣摩着日子是否像轻舟
从扇形的水边荡过。
荷花在秋天里也不萧条，
整齐的荷叶在水中如同仙女，
亭亭玉立，毫不畏惧游客。
当一个人把普者黑收留在黄昏里，
他的身子骨必须干净，
他的身体必须飘逸。
与山一体，山就是家庭中的一员，
与水一体，水就是生活中的竹影。
月从西边出来，向南而行，
如同我看见黄昏中稀疏的星星，
在大地上投下月亮的光晕，
秘制的人群来了，又去，

匆忙得忘记了身体。
我在荷塘边悄悄研制着
下月的行程，我的心一片坦荡，
我飘扬而过，在一派湖光山色中，
那个绝美的水妖
已梦回神明之地。

2014.8.22

内陆湖

一群浪过来后，

头被埋下，身子被托起。

我顿时渺茫，不知所措。

一个内陆湖，有巨大的能量，

在天边燃烧的不仅仅是夕阳，

还有潮汐，还有湖面上无助的轻舟。

在碧蓝、干净的湖水面前，

东岸的灯火是渺小的，

东岸巨大的人流也平静了下来。

紧接着，风开始吹来。

我看到天上的情景，奇妙无比，

云霞像通红的铜铁，

如此高傲地骑在山梁上，

一会儿静止，一会儿奔跑，

一会儿消失，一会儿倒影在水中。

从水中站立，

一排浪还是那么开朗，

还是那么依偎在抚仙湖，

就像抱着无为之德，

抱着鬼谷子，

享受着黄昏中的气度、宁静与咆哮。

2014.8.25

回　想

我不忍心去回想，一个女孩的死亡，
在被尿毒症折磨的十九年中，
她安然无恙，安慰着我的前途，
用善良瓦解我的烦躁。
我前途渺茫，内心暗叹。

她分明有着聪明的微笑，
从张家湾到蒲家，
一来二去，二十几年就这样朴素地
往返。我屋后的庭院
对面的少年，躲避在山中。

茫茫的远山将州河尽收眼底。
她笑声盈盈，在城中的窗下，
收集着梧桐叶子，收集着
没有痛的日子。没有病的日子，
她将每一种爱献给达县高中。

一个少女，她在大理石上播种，
她身后的父亲十分苍老。

2014.8.28

儿 女

一个人的内心是不是华北平原，
冬天的华北平原寂寞辽阔，
干净的积雪完全覆盖，
一个人如此倾听，在天下，
他站立成广袤的平原。

这是不是巴蜀之地，
将无所畏惧的盆地抬举到头顶。
当他识别哪怕一颗流星，
流星也阻挡不了都江堰穿城而过的河流。

他生于斯，死于明白不了的死亡。
他的棺木是茅草，他的内心，
是钢筋。后来，他睡着了，
在鼓乐声中看清了自己的朝代。

如今，他的朝代驱赶着来了。

在华北平原，他从没有见过的平原，
火车激动无比，
呜呜驶向还魂之地，那个地方。

正敷衍着美丽的女儿。
儿女们在院子里做着游戏，快乐无比。

2014.8.29

从蒲家到达巴路口

你承受的是秋天里的果脯，
鸟雀漫不经心地散步，
从树丫中间飞落，
在灰色的石板上停下。

我径直邀请你，
秋天里耳朵开始感染，
从静止到喧闹，只有一分钟的距离，
听到的耳鸣是淡淡的水声。

渐入门庭，一家人坐在桂树下，
南风吹来的亲戚，
在阳光下轻言细语。
远处的州河他们看不到几叶轻舟。

无视着玻璃下的书籍，
书籍中的香樟树已被开除，

榆树下的少年紧跟着操场，

从蒲家到达巴路口，将忘记星期五的剥削。

一直沿着公路通向湖北，

一条道，走到黑，压迫的手心，

开始从校园撤离。

我的伙伴啊，无视着大好前途。

2014.9.1

父亲清瘦的背影

再一次，看到父亲，
他清瘦的背影组织着家庭劳动，
他教育我们先苦后甜，
从一座山到另一座山，
我十岁开始明白，路多么远。

肩上的担子有多沉。
风景是别人的，
河流正急着奔向远方，
不理会我的不仅仅是小溪，
还有长寿沟的母亲。

油菜花开过，麦子抽穗，
稻花田里青蛙鸣叫，
头上的星星滑落，
正被童年的折磨伤身。
更遥远的初中，远离州河。

长久地乘船离去，
一次次又急迫地回家。
在州河岸边，我数着自己
在阳光下移动的身影，
一步步，极像此后的一生。

桑树苍茫一片，在风中站立，
父亲清瘦的背影是其中的一棵。

2014.9.2

演　讲

我鼓励自己往学术厅走去，
要去做一次演讲：
关于诗歌，关于昆虫，
关于夏天的飞蛾。我们先谈谈
身边的琐事，日常的美学
往往富有深沉的诗意。

巴黎在香水的周围，
橡树下有美丽的情侣。
我们的周围也有美声，
在竹湖园里自我陶醉。
柳树边，竹林里，
溪水潺潺，时光无激情。

心中的山脉从不多言。
身后的老人也没有言语。
在密集的星辰下，

你嘴边的各省抱团取暖。
我们的后代，
在隐约的树林间收听天籁。

贮备的演讲，
将在大海的蓝冰上滑落。
那些生动的桅杆，那些帆船，
正从遥远的地平线一路驶来。

我的诗歌，是平民的口粮，
将在诗意的下午将自己掩埋。

2014.9.16

时光暗淡

雨水梳理着雾气下的树林，
站着，坐着，看着
树林后面的群山，忽然安静了。
白色的远方看也看不见，
我系着鞋带，一股凉凉的秋风吹来，
上学的孩子从我身边跑过，
脏水滴溅落在脚边，
乌云很快就要黑下来。

小叶榕静静地站在房子外，
电线杆从空中穿过，在天桥边
橡树长久地目送稀疏的车辆。
关闭了窗，
坦克过后，涌现出炮击下的街道，
一些妇女和儿童，
睁大眼睛，在电视上哭泣。
从中东到远东，地球容不下一口天井。

请不要让我开口。
当愤怒的峡谷吞噬了暴雨，
安静的沉木不再呼吸，
咆哮的大浪随时迁徙。
候鸟也没有停下的意思。
不能开口，不能对任何事物说不。
请一定保持完整，一定不能辜负，
我是说要这个系统。

居住在水边，却保持安宁。
身后的树，渐渐从窗户边退却、消失，
在狂风到来前翻飞。
目光的尽头，是青涩的世间，
美的光线在细细飘舞，
当你抬头，从挂着烟叶的屋檐下穿过，
我将开口，说出一天中最初的语言。
时光暗淡，黄昏中广场在柳树下等待黑暗。

2014.9.18

传　统

你憧憬传统，用一生的光阴
给幸福的下午写信。
你坐在窗前憧憬，
憧憬窗外的树，在河边安睡的样子，
河边的凳子坐着散步的老人，
你在高窗前憧憬他慢慢死去，
在幸福中扎根。

从来没有被抛弃，
你打开门，立马感受到风的靠拢。
风从松林里跑来，
没有穿西服，抱着花粉，
在雾气弥漫中沉沦。
你靠着窗，看着外省的城镇，
着迷于河边的香气。

小桥，流水，夕阳下，

没有尽头，如此伤悲。
从斜斜的栅栏门边，你享受着安宁，
在传统的对岸，灯光迷离，
小镇在清风中打扫着卫生。
宋时的建筑群异峰突起，
你拒绝咖啡，在黑与白中描绘一张纸。

面前的白水冒着热气，
一如门沿在大理石上站立。
你全力排斥，在乡间的夜色里
传统降临，一幅山水画挂在墙上，
每天都看着你去了哪里。

2014.9.19

拯　救

你在露台上种下泥土、青菜与番茄，
拯救被侵蚀的胃。
阳光轻柔地剽窃往日的路径，
没有一样是重复的。
你浇水，用半生不熟的乡音，
遥想那年少的颓废，
麻雀在老鹰眼皮下翻飞。

你将兴奋的菠菜
洗干泥浆。村庄的泥土
蘸着淳朴的气息，
你一遍遍清洗，你听到的水声
是客厅走向厨房的距离。
油菜花是否还在田里
淘气，上下都是光的滋润。

乡野空阔适宜露水，

城中的灰尘无疑有些迟钝。

那在大峡谷中流动的南风，

在松林里密谋：

你将抵达，并说出今后的照顾，

那在蕨菜上迷路的松叶，

在甲虫的蠕动下显然是好脾气。

你用一个秋天去拯救

雨水，雷霆即刻将山中的岁月碾得粉碎。

2014.9.22

建　筑

我见你的时候，那座标志性建筑还没有出生，
你走在云大，讲闻一多，
这个革命者我后来在滇池路买了他的书，
他三月不梳头，他唐诗讲得好。
这是后话，这些你都看不见了。

你用一村子的阳光迎接我，
在那小区（我已记不清名字），你站在
昆明的街头，远远看去像一个老头。
从湖北到云南，你的内心有太多的过渡，
你适应着这里的气候，并安装了语言。

你用绳子还是刀子结束自己的生命，
已记不清。十几年前，我在屋顶发短信
证实这些不是真的。
雷平阳①说，听说是，有可能是真的。
我一下子就陷入僵局。

为什么把生活搞得一团糟?

余地②，我没有怨你，你有选择的权利。

对于生死，对于昆明，从一条街道

到另一条街道，你带我们行走，

如今，车子只需几分钟，而不是一个多小时。

这样的路，你还在走吗?

我去昆明，一定要去云大看看那标志性建筑。

2014.9.23

---

①雷平阳：当代著名诗人，现居昆明。

②余地：本名余新进，1977年生，湖北宜都人，诗人、小说家，长居昆明，2007年10月4日在家中自杀身亡。

告诉我

山一直在奔驰，秋风瑟瑟的冷。
把自己放到风口，
体会一棵树的势单力薄。
呼啸而过，那爬满山坡的青草呢，
那白得耀眼的树皮呢，
全都消失了。

告诉我，有没有遮掩的地方，
有没有这样的山冈，
是什么在温暖南方，我抬头，
雄威已经冷场，
人在中间，鸟没有方向，
房屋无法打开一扇窗。

一再地迷茫，
在高黎贡山，路没有尽头，
无非是咆哮的风，

占据着树林，红土，高原。

是什么还这么热烈，

告诉我，隧道中，光在躲藏什么。

还需多年的准备，你才能

在一朵云下，瞭望大山平静的面目。

2014.9.24

半山腰

半山腰，我和你坐着，
谈话。聊天。你看见了过去，
在旧日子里抽烟，徘徊，独自行走。
秋天来了，雨点般的倦怠
继续袭击。
金沙江在黄色的泥浆中晨练，
云南上方一定下暴雨了。

看看脚下的夜景，
城市划出多么标准的线路。
光影摇曳，像秦淮河的布局。
你看这月亮，
放射着雪白的蛋糕，
被迫行进在人烟稀少之处，
在艾草与芦苇之间，蚊子乱窜。

我说不过这些酥软的过去，

干脆不说。你看着我沉默，
像墙壁靠拢砖头，老人看着小孩。
你的眼睛是盛大的温和，
你拥有的，我一生都没有。
那是善，那是恶，
在彼此的界限，取消了楚河。

半山腰开始凝固，冷却，
寒风中有人大叫，声音回旋在江上。

2014.9.24

初 唐

城高耸，那一定是石头与颧骨
发出的骨折之声。
如果把西班牙摔在身后，
那一定是博尔赫斯馆长，
不再想布宜诺斯艾利斯
下午的中国茶。

一个老人，他的孤单是无边的黑暗。
他在黑暗中数着星星，树枝间的
月光。荒芜的城里，
他一个人就把歌剧院的椅子坐满。
尼采喜欢的，他不一定喜欢，
那高音区里住着哲学与荒诞之美。

图书馆暗长的通道运送来了唐诗，
在洛阳，这是唐的星空啊，
是牡丹的星空啊。

大海，你唯一的信念就是把地域再次延长，
延长到刺刀，血与死亡了的宫殿。
那繁荣，那热烈，那陈子昂的初唐。

岸边，星宿如胡杨。
洗完身子的先生坐到老台灯射出的光里，
他在窗边亲吻菊花，世事飘扬而下。
屋外洁白一片，他抱着胳膊取暖。
寒冬腊月，黄河在冰下呜咽，
那刺骨的哭声只有一个长安。

2014.9.25

盛　唐

你发现一状况，在及物的场景中，
盛唐是失语的。
盛唐不需要细节，
需要丰腴之美。
长安街口，糖葫芦代理着冰激凌，
在舒适的长凳上吃烧烤，喝啤酒。

你要走到哪里去？
马拉美怀念着爱伦·坡，
猫叫的夜晚，他说：
"在永生中他终于成为他自己。"
米沃什也发现了自己：
"只剩下和他一样的忧郁。"

你努力埋葬自己的身体，
脚步停留，雁落平沙：
淮南王已停止起义，

吴三桂在金殿叹息。

一个陈圆圆变幻出更多的杨贵妃，

从昆明到武当山，道教在南方拉开帷幕。

中国的下午，

细雨纷飞里住着多少杏花村，

多少落魄文人魂归故里。

苏州，如若一个庭院是冒辟疆，

那另一个必是董小宛。

整整一个下午，你在夫子庙离别苏小小。

你流淌在断桥的周围，

那是你自己的帝国，诀别多少诗意与意境。

2014.9.26

晚　唐

骊山北麓，华清宫，日渐颓废，
看一眼满是忧愁。
江河日下，大明宫里贵妃不再伴驾，
画舫清波，花舞人间，
游来游去，前后都有故人。

木槿依依，泉水清，
古井伊人，看什么都是美。
庄子梦蝶，蜀帝魂魄，
锦瑟情迷。李商隐醉眼迷离，
西窗里，那边尽显古国。

颓废也是晚唐的风格，
那厢不着急表白，
他来来去去，憋红着脸。
一个小太监走来，嘘寒问暖，
无奈大理石与红木消失不见。

山水风月，歌诗酒琴，
为一座庭院忙绿，
为一朵花焦急，
化古传统，逸乐、精致。
之外就是长安的孤儿。

一个唐朝毁于一旦，
说什么都是癌症晚期。说不在就不在了。

2014.9.26

见　证

阳光从白布条的树林间升起，
具有两面性，黑的是昼，
白的是夜。地平线在中间停留，
无数的候鸟迁移，如同秋天来临，
描写着秋的寒意，
在含义之上，是乡下的万亩田地。

在更低的水流中，是樟树间细密的手掌，
天空下，白云在蓝天里是诸侯，
也是见证，风无聊地跑过，
没有一种声音刺耳，
也没有斑鸠飞过仁和沟。
平坦的莲花在水云间奔波。

她苗条的样子，胜似兄弟，
她的亲戚在夜晚也感受着地震。
在山中，砚台上的笔墨

失语。墙代表整栋楼，
停止了摇摆，而夜晚的声音从
肺腑中穿过，没有呼吸，也不均匀。

青蛙也会被淹死。
树林打着旗语，远处投降了，
那海边的音乐开始哭泣。
还原成绝对的孤独，佛无语，
那苍天下的血透室多么孤独，
宛如肾病科从门诊逃离。

2014.10.8

梦　想

雨天延绵着忧愁，
一如舌尖上的玫瑰，
开满卡比巴拉的海两岸。
两岸的梦想开花，
春天熟睡，秋天继续睡着。

门外站着我的梦想，
孩子健康，老人在房檐下吸烟，
没有雷声与闪电，
每个夜晚无比慈祥，
无比坚强。

看着自己的孤独
在古墓中醒着。
看着古墓中的人们
一起起身，走向幸福。
他们是大地上遥远的星空。

土豆在树林里追逐，
他们的梦想是夜色中的广阔。
羊子在山头吃草，
河在石头上流过，
清风细雨，所有的痛苦都流进痛苦。

没有人在窗下躲避，
没有人害怕流星。
上午之后即是清晨，
坦克被掀翻。母亲回来，
卡比巴拉的海远离苦难。

2014.10.9

辑三 万物寂静

捧着一缕星光，仿佛置身在拐角的转弯处。

把每一种淡淡的水声收紧。

河水迎合远方的到来，

在光线里抖动的灰尘，总是那么稀少。

而天光，无奈地捂着脸，

深陷的老街

爱过这古老的街道，老街的巷子，
木房子下肥皂的气味。
在湿润的清晨里，
那老钟表工在叶子烟中过足了瘾，
他老在州河里放长线钓大鱼。
他的手不停地颤抖，
突出的血管里，他瘦下去，瘦下去。
他咳嗽着，上午的阳光照着他的脸，
鼓起的眼睛看着我，我低下头去。

我的两个女同学，
过早坐在摊位前。
街上人少，这头可以看尽那头，
年少的羞愧使内心收紧。
巷子里我听到自己的心跳，
像一个小偷，我听到的整个是咳嗽，
是所有过街老鼠般的胆小。

好几年，我都不敢走这条深陷的老街。
时光弥漫在紧张的空气流。

但我爱过渡船的汽笛，
两三声长鸣，
河面上的雾气顿时消失。
渡船的身后，
整个州河的寂寞在水上翻转，
非常远。远处，河水从
远山的中间穿过，然后合拢。
镇子坐在背风之处，
从时光中穿过，仿佛从没有达到。

2014.10.13

州河的中间

你有尼龙绳的热情。
你背着手,做着准备,
在河湾里选好一块地。
青松林里的墓碑朝向黄昏,
那夕光,在无数的日子里经营。

桥上这头,那头,都是上坡。
桥中间河水泛着黄色,
泥浆裹着枝条。一个醉汉喊着号子,
他的上半生肯定是纤夫,
他的小木船在州河的中间,一直不靠岸。

桉树上斑鸠飞起,抖动着,
清晨的雾气在河面上煞是好看,
飞蛾在光里穿梭。
石板路一直延长,延长到水边,
那些妇女,临街吐着瓜子皮。

平静的时辰就这样简单，

她们起身，在水流声中埋下头来。

她们折叠着衣服，被褥，

风一起，发丝凌乱扬起。

发丝下，勤劳的汗水从没有休息。

2014.10.13

仁慈的渡市

他靠在门板上，无聊，吐着口痰，
东张西望，然后把眼光停留在地面：
周围的蚂蚁忙着运输，
深冬的阳光洒满地板，
万物安静，
蚂蚁们前仆后继，可以为他死。

渡市镇是仁慈的，
仁慈得如那些女婿。
他们是结拜兄弟，在街口，
破旧的竹藤椅是一种标志，
藤椅里坐着的人，不断咳嗽
不断背对着蓝天下的石板路。

时光从不会为一个人停止，
即使州河也是。
那人起身，融入昼夜去。

他的烟袋搁在座位上，
他的声音已从房前绕道到后庭。
整个过程，没有连续，也不分散。

他摘着豆荚，
弄堂的风掰开石缝，
没有一粒尘土被吹走。
那棵古榆钱树，落下碎碎的花，
在镇上飘来飘去。
一些人走过去，又走回来。

2014.10.15

西师街

无聊地徘徊在西师街，
电影院前的大花园拥簇着黄葛树。
树下，爱情中的女孩
取出婚姻的命数，
她的身段分开大一与大二，
她银子般的丝绸与清香，
在课间休息中，开始松弛。

无聊地等待，
忙活着酒与刺激，
还有预留下来的半静。
在电影院，我的孤单一如饭馆女老板
清新的客源。她无法阻断优秀的现实：
深冬的电影将聚集在黑白交织的课桌间。

在树的两旁，
一直举着激情的青年。他们为命运焦急，

也为爱情疯狂。

操场边跑步的青年，

凳子上读书的青年，

教授的脚步赶不上趟，赶不上蜜的深蓝。

切开每股南风，

闯入水塘，乔木林。石板路回响着清脆的哀鸣。

那陪读的少女，

正采摘着水珠。她不理会身外之物，

她满心投入到自己的身体里，

从周一到周六，藏身于风尘的银镯。

2014.10.17

柴市街

你后者居上，援助着青草，
无克制地抑制深夜。你疲倦了。
青春的荷尔蒙重重捶打柴市街：
窗外的灯光打扰着行人，
鸡毛被风轻轻地卷起，
吹向街的塑料桶边。

你没有依着那些罪恶，
而且你想逃离那些录像厅，
每次都是悔意。
没有中医院，城市注定是失败的。
那白天探出窗口的头颅，
如今已远嫁他乡，为他人妇。

深夜里没有冬的寒意，
那星空，那天上，那人间，
恍如某个官员，他们的时差，

为一碗红汤面所不容。
你失望在红旗旅馆，
静止的深渊，你含辛茹苦。

州河记住了你的地址，
在街心花园，在达巴路口。
你荒废着，把痰吐向报社门口。
门卫睡着了，整栋整栋的楼房，
打着呼噜，有几声鸡叫刺破夜空。

2014.10.17

红　峰

那一带的雪崩，把大青石拉裂，
犹如地震，深入到河谷。
那死亡的高峰，
在盛夏之余，搂抱着奖赏。
碧蓝的河沟里，石头沉睡在村庄上。

哦，童年，那香樟树下
露出松软的乳沟。
含羞的孩子，他在蓝色的血管中挺进。
人世间的媳妇，晾晒的被子，
一如无边的穷困，无边的潦倒。

他躲在青砖瓦房下数星星，
他的寂寞是被拆散的树枝。
没有疼痛，没有病倒。他的父亲，
在背光的不眠夜，
对着墙壁抽烟。他努力想抽光自己。

月光赶不走蛐蛐的叫声，

风贴着脊背轻舞，

他在树下望着，雪照着他的眉头。

他的脸棱角分明，山晃动，

亭子稀疏。他在红峰一带默默无闻。

2014.10.21

从来没有

从没有拒绝落日，
就像我无法理解楼市的暴跌，
还有股票。
你拿着昨日的账单，
向夕光下的棕榈树林跑来，
你满心欢笑，像面对清晨的母亲。

从没有在朝阳中沉默，继而难过。
是什么歌声在地下通道里乞求，
那么清洁的歌声，
穿过几条街，来到街心花园。
人们完全不理会这高利息的行云流水，
他们的河湾有一枚生病的蛋糕。

从来没有无视过故国的辽阔，
没有享受过河山在周末的波涛。
瘦下去了，再瘦下去，

那吐着烟圈的美少女，
雀斑暴露，乳沟低现。
她们在过往的行人中见识伤害，
也见识了寒风的肤浅。

献出每天的光，
献出那在黄昏中徘徊的少年。
他们占据着树下的板凳，
左右了时辰，并没有向谁道歉。
我的故园，一片茫然，
用什么去挽留那些钻石，黄金般的秘密。

2014.10.22

你走了

没有看你说什么，
你的疲倦我也没有看见。
办公室外，葱茏的树丫被绿色笼罩，
一年四季没有变化，
倒是树后面的山时隐时现，
藏着一些超自然的能量。
你坐在左边，谈着一米之外的事情：
生活与负债，爱情与家庭，
还有协议，一些你省略的焦虑。

窗外连苍蝇都带着人性化的飞痕，
然后在安静中享受早餐。
从你的头，往外，我注意到
鸟儿在树枝上跳跃，蝴蝶带着花粉
在树叶上飞起，又停下。
清晨的阳光照射出，洒下不少阴影。
阴影下，你的轮廓突出，你的脸没有表情，

你坐在窗边，紫色的窗帘反射着光，
像花园里细细密密的露珠。

房间外，门被风轻轻吹开，
秋天的凉意顿时弥漫在整个房间。
从你握住门把手那刻开始，
你开始新的生活。门被你关上。你走了。

2014.10.24

昨夜的雨

昨夜的雨应约而至，
楼下的花园湿润而清新，
空气中的雨丝没有任何提示。
如果还能看见远山的雾霭，
还能享受窗台外的水汽。

把手蜷曲在衣袋里。
棉布细腻，一如锦缎，
一如命中注定。
鸟在树枝间鸣叫，清脆的声音，
扑向电线杆中间。

孩子们从天桥上赶往教室，
他们的母亲站在桥上，不忍离去。
他们一定会从视野中消失，
在视线中间寻找自己的孩子是困难的。
目前的秩序就如此。

长久地从小叶榕树下走向橡皮树，
那棵茂盛的橡皮树枝叶密集，遮挡着雨。
如果是大白天，阳光也很暗，
不容易穿透过来。
老人经过，背后泛黄的树叶大片落下。

2014.10.28

深夜翻书

深夜读书，灯照在字里行间，
寂静如时光，
世界在黑暗中，所有的植物等待熄灭。
我端着书本，在客厅，
蚂蚁的生意都停止了。

能听到睡眠的姿势，
女儿翻身的声音传来，她睡在童年里。
夜色中能听到自己的呼吸，
扑向书页，带着温暖。
一句话，便会让我伤感。

门外的通道纠缠在黑暗中。
怀有书中的悲凉，
打开门，一股古代的风吹来，
有几分惬意。往黑暗走去，
生命中的挣扎与颓废，从书里站起。

148

拷问良心，也拒绝回答。
深夜里的睡意日益增加。
十二个街区埋伏着路灯。
灰暗的车灯闪烁，
没有人开门，你翻开书本，等到天明。

2014.10.29

苍 老

想起自己的一生，已经老了。
没有回城的班车，也没有雾，
山下，是山楂树的爱情。
我在爱中神游，
而故国已近黄昏。

像一个垂危的老者，
在屋内收集着过错，以及字上的伤疤。
坐在轮椅上，
推走我的是苍老中的病痛，
我的女人，在门外看着夕阳。

风一如既往地在翻墙而入。
一株害羞的冬青树看着，
我的青春吹皱一池的荷花。
每天下午，一些老者在桥上瞌睡，
他们的面目一如侠士，在民间流传。

没有血管中的内伤。

金沙江畔，落花流水汇集能量，

我的整个生活暗淡无光。

睡着了，如睡眠般平静，

在梦中我一边纠正错字，一边擦着眼睛。

2014.11.5

平地贴

没有遗传的热烈。这平地中的葡萄
代理着路途。
两边的松林两袖清风，
带着我走错路是正常的。
活也是成长，
在那拐弯处，消息来得正好。
乡村忘记了鸡鸣，蓝的愈多，
云朵就愈来愈少。

以少胜多的风没有马的蹄声。
背弯处，我相识七月的瓦房。
方山下，山都变小，峡谷犹如底盘，
一些地方被深海淹没，
一些地方被擦出火花。
云南就在菊花台外，
松涛下，两岸的江山倒映在江面上，
一如深夜的手机被雷声震响。

平地在半山腰梳洗。
牛羊与皇帝在视察，
没有人去打搅那对鸳鸯，
乔木里，石头被晒黑，
广阔的荒凉并没有生气，
哪怕一棵暗暗发笑的树，
也见证着天空下的电线杆。
山顶商定好每次的间距，扑向远处。

数着山，也抱着桃子，
在黄昏的呼喊中，抵达秘密的风里。

2014.11.10

渔门赋

管住自己，不许你辞职。
清早的露水在黑树枝倒立，
金黄的曙光比树干笔直，
那稻田的蔬菜被薄霜盖住，
像盖住一床丝绵被。

从车里走出来，路边的生意火爆，
本地口音，咔咔地踢着小石子。
渔门仿佛还没从酒糟鼻中清新，
镇上的米线馆挤满了客人。
一个不认识，他们熟悉又陌生。

一座桥分开两岸的居民。
水库蓄满书籍，我一本都没有读完。
对岸的农家乐在水中升起，
白雾弥漫，初冬蜷曲在空无里，
从任何方向看，这里都有黎明的星辰。

搓着双手，被口腔的热气所伤，
那走过的大娘，她在渔门守护爹娘。

2014.11.12

轮　椅

一个病人坐在轮椅里，
他的后颈和手臂缠满白纱布。
下午的阳光照射在周围，
花台边植物散发出审美的味道。
他缩小成一个病人，
轮椅旁边，小伙子抓紧抽烟，
他点烟的态度诚恳。

轮椅上，他的手僵直，
依靠的身体没有表情。
他的脸在阳光下有伤疤，
我没看清他的年龄。
花园周边有人走来，另外那个
女病人，也坐在轮椅上。

木棉树下，依稀的树荫洒向那女人，
她的面相慈祥。

小伙子推着轮椅，从公路上通过。
一会儿就消失在拐弯的通道。
那边没有阳光，初冬的寒意、
蓝色的烟圈，他俩消失的地方，
很多人进去后再没有出来。

拍拍衣服，向阳台下抖抖烟灰，
白色的烟灰旋转着落向地面，在空中晃悠。

2014.11.19

周　末

正午的当天，你在阳光下跑着，
天空是蓝色的，
远处的山稳重而透明。
你跑的样子让树林恍惚，
没有一朵三角梅够得上你的速度。
阳光下，你的笑声洒落，而背后，
山下的城市虚无，像没人领养的孩子。

纤细的风擦拭我的额头，
我老了，还没有人来接替工作，
对面的山还在继续。
生活从没有停止，
我看见，却说不出。
你打的羽毛球飞到了树梢，
坐在树叶中，落不下来。

你额头上有细细的汗珠。

你不去擦，你忙着自己的玩耍。
山中晃动的是幸福的小叶榕，
两条崭新的公路正抓紧施工。
那横亘在苍茫群山的金沙江，
憨厚地横在城市的中间，
从中穿过，并很坦然。

明天就是十二月了，
再过一月，就是新年。

2014.11.30

河 流

其实不需要河流，河流是深沉的，
深得见不到底，见不到四季。
我会在河边休息，
向对岸的白草地讲自己的故事。
没有证据表明，
我一天天苍老，一天天无所事事，
跟门前的大青石，跟河水有关。

还会做一道数学题，
这道题难了我一辈子，
它不是数字与方程的关系。
而是门与门，手与手，
是梯子与楼层，是吃饭与睡梦。
没有任何逻辑，
我的朝向往往都有植物与花粉。

不稀罕河上的扁舟，

那位打鱼人我也不认识。
他把家安放在水上，
他吸收所有的亮光与黑暗，
风吹裂他的脸，勇敢而执迷。
我也要伴河而居，在星光下遥望，
年轻时的疯狂，以及死后的凄凉。

不会乞求河流改变方向，
我盖的房子在十二月的狂风中屹立不倒。

2014.12.3

星　光

你朴素地玩着沙子，
不关心身边的植物。
很多年了，我无法理解，
对谁的热爱能否唤醒沉睡的内心，
就像木板上的霜，开出美丽的花。
你弯下腰，如伤心的木棉，
在十二月里独自站立，
很冷而孤独。保持自己的清高。

没有一丝光线从沙中流逝，
细细的沙能被吹起来，
像风自身的影子。
我说过，树林里没有水妖，
更没有生气的蟑螂，
那树下的落叶，用不着清扫，
枯萎，腐烂，那也是归宿。
夕阳躲进山坳，像没有煮熟的蛋黄。

我的兄弟在山中饮酒，已归隐多年，
我看不出他有什么向往。
他的身子骨硬朗，说话的语调舒缓，
像一个老人，口含香草，
眼睛迷离，长久盯着地板看。
通常出神入化，神情恍惚，
他的远遮挡他的近，
他的周边朦胧一片。

我不愿打搅，默默走开，
头顶灿烂星光，远方，鸟在夜色中鸣叫。

2014.12.5

青冈林

亡灵散步的深夜，树影葱茏，
露水在草上结冰。
有人的屋内一派安静，
那路灯，分明在改写灵魂的进程。
有人在梦中读书，他的声音
高过了满天的星辰。

看到的城市没有了行人，
车灯在梧桐树里稀疏地闪烁，
夜幕下没有人伤心，但却有人
喜欢比夜更深的孤苦。
我，一个闲人，敲击着键盘，
写下每日城中的见闻。

内心里的灯盏属于乡村，
那里是我亡灵散步之地。
我喜欢斑鸠的深沉，麻雀飞过，

那是一天中最美的阴影。
整个镇上，居住在水的旁边，
每块白石板能照出人的清静。

写下这些，并不是对城市失望，
而是想念童年，乱石，祖坟后面的青冈林。

2014.12.5

残 冬

与其羡慕河边的孤独，不如
在桥头痛哭一场。
从没有停止对傍晚的观察，
包括灰尘在光线中神秘地抖动，
然后飘落在老人的额头。
那躺着的老人，绝对是另外一个我。

与其赞美花朵的怒放，不如
像划伤的米饭围坐在餐桌。
每一粒饭香沾满柴火鸡的味道，
纵横的油烟迷住了锅碗铜瓢。
没有人会关闭对植物的颂扬，就像我，
没有在寒气逼人的残冬俯身关窗。

是我依恋的岸边，
碧蓝的远处，荷叶上停留水珠，
水草下，一朵花缠绕在泥里。

有人在树下跷脚休息，
有人在凳子里闭目养神，
在对流的空气中修理身体。

没有人屈辱地享受，苟且地活着，
更没有人遗弃骨肉，残忍地痛杀亲人。

2014.12.9

西伯利亚

西伯利亚，我是你的寒流，
势必没有风向，势必乱戳。
西伯利亚，我是你的蓝冰，
势必没有温度，势必寒气逼人。
西伯利亚，我是苍穹低悬的钢铁，
生硬如拳头，如血管，如死人的
双眼。我是背叛的火焰，
我是生锈的栅栏。

没有人，没有人，没有人的河流，
是这短命的帝国。
催命的远东，有人在白纸上写下：
呼啸，呼啸的大雪。
那人斩钉截铁，
那人关在集中营，
他势必会敲击骨头，
他清理更多惨痛的鲜血。

一直在读，这样的情节：
一个伤口感染的人，抱着脚取暖。

西伯利亚，我是你的寒流。
每一次站起，都意味泪流成河。

2014.12.12

境　界

这无疑需要一种境界：
从小方窗往外看，那棵杧果树
会从中年之身慢慢长出。
那棵杧果树，枝丫紧挨墙壁，
寒冷的墙壁倒映灰色的干草，
以及毫不苍老的青山。

或许可以这样看：
那些死了的草，已经送给长空。
任何生命，都是一种虚无。
当你老了，没有牙齿会留恋嘴唇。
不得不早起，去推开玻璃，
把清晨的冷空气请进屋来。

或者还可以这样看：
扶着的楼梯是暮年的拐杖。
当听到伤感的音乐，

那首穿过寒潮的天籁，

我知道，你上岸了，那遥远的河边，

站满了窗外的树，见证风与马的语言。

2014.12.16

银杏树

庭院挟带惊雷的神奇，蛮天真，
从周围的寂静里堵住后面的路。
闪电抛弃瘀血，并没有多高，
从前院移到后庭，距离也不远。
一枝寒梅悬挂在空中，
仿佛没有树根，没有树梢，
沉浸在很冷的风韵中。

我不愿惊醒鸟的睡梦。
植物会测量身段的，会在亲情里
描述气体的深度。
没有马达的轰鸣，渡船依然在摆渡。
我目睹亲人在窗台边孤单地站着，
州河边，河水一直鼓励向前，
浪花里，映衬光与影的延绵。

当然，这是严冬里的故土。

所有的山坡都披挂薄冰，
所有的菜地都滚过白霜。
那些冷而生硬的冰霜，
属于易碎的事物。只有失去，
才富有同情。失去的不仅是时光，
还有每人心头孤注一掷的银杏树。

2014.12.17

万物寂静

的确没有心思去想，
万物寂静的后山是否有江水沸腾。
回忆过去，我仿佛
又重新来过，又往回走去了。
银杏的叶子落满一地，
像黄金在花园里飘舞，没有任何孤独，
可以让人心分离。

理解你的心情，在这暗淡的天气里。
那搬来的风箱是某个养蜂人的草棚，
他的周围已盛开了鲜花，
蜜蜂开始无休止地飞翔。
花丛里，是深冬凌乱的草屑，
如一个人的围巾，缠绕琴凳。
那自弹奏的人，他没有与爱道别。

听出这风箱中的音乐，

将一座城严密地捆绑在一起。

而天光，无奈地捂着脸，

在光线里抖动的灰尘，总是那么稀少。

河水迎合远方的到来，

把每一种淡淡的水声收紧。

我捧着一缕星光，仿佛置身在拐角的转弯处。

2014.12.19

彼此的时光

墙上的钟没有停止过摆动，
就像我的忧伤没有休息过。
何以遮掩时间的走动，
何以屏蔽外界的干扰。
拉上窗帘，下午的阳光漏出来，
屋内不再暗淡无光。

所有的忧伤暗淡无光，
就像江边的石头，在泥沙里收集
湿润的天气。我低下头，
看着墙边的蜘蛛网，
已经变老，老得动弹不了。
多想你走进来，与我一起聊聊家常。

楼下肮脏的树叶，堆积在地上，
整整一个冬天，没有人理睬，
就像一个老人活在自己的身外。

那些破落的房子，翻新的房子，

没有一间，是他的。他收回目光，

设想在一米之外遇见爱，回忆，彼此的时光。

2014.12.23

对面的门

以为这样你会悲悯，
如阳光从寒冬的叶子漏下，
丝丝都有粉尘的飞舞，
一会儿飘忽，一会儿消失，没有至尽。
哪怕是一粒灰尘，
都能吸纳万物，都能理解此时。

难道刀锋能切开昨日的伤痛。
没有人的走廊注定有风的脚步，
是暗道中的梯子堆积在怀中。
你以怎样的悲悯竖起衣领，
装不下喜爱，也离别不了黄昏中的荒芜。
整个江山把十楼的玻璃捅破。

低下头来，看脚下的亮光，
在小径里，恍惚的枝头，断壁残崖，
每一种风声跑过，

地上都有抛弃的尘土。

对面的门慷慨地敞开，

又在风的作用下，咿呀地合拢。

2014.12.25

不是所有的花朵都会凋落

不是所有的正午都有睡意，
比如山冈的鸟雀，
还在觅食，忘记了休息。
树枝间没有银杏，也没有阴影，
并不影响相互执着地支持。

不是所有的河流都有回音，
就像蓝天没有乌云，
阳光没有倒影。
你身上的伤痕没有悔意，
钢琴没有低语。

不是所有的花朵都会凋落，
比如心中的玫瑰，
没有词根，没有花瓣，
只有风下的椅子，在草坪中无语。
你穿过四季，把头埋得很低。

不是所有的家庭都有暖意，
都有窗帘下的围巾。
不是所有的憎恨都紧握刀柄，
就像不是所有的书画纸都叫宣纸，
都能写满惭愧，画下回忆。

2014.12.26

木 纹

夜色弥漫，寒意无处不在。
那达县，尽显迷人的木纹，
从灯光里反射到地板。
我的周身是迷途的州河，
你站在岸边，以无数的青睐
在生活中沉迷。

是时候了，落日以虚脱之身
来到悲惨的肺腑。
请拿出一些墨汁，
蘸上青筋毕现的毛细血管，
用护士的手，轻抚我的伤口。
伤口上的白霜是萧瑟的月色。

是迷人心魄的州河，
是通川桥下惆怅的滨河路。
那逶迤的灯光得了阑尾炎，

冒失来到疼痛吹灭的风尘。

找到的是故纸堆的老友，

他带来青春靓丽的妻子，张家湾突然不见了。

2014.12.30

透明的光阴

曾经多么透明的光阴，蒙蔽着，
午后的台阶不能忘记楼梯，
阳光一如既往掀开了盖子。
像雾水，更似红叶，过分地低估
我们过去试图返回的青春。
箭头那边，该是双行道，
无法低估风的速度。

船行至此，比空气更蔚蓝的江水，
在高大的峡谷中呼啸，
一如睡着的鼻息。芦苇热烈而浩荡，
在爱的故国里厘清彼此，
真的能分清体液中的疯狂。
我视陡峭的山壁如窗外的闪电，
没有亲人的闪电，在雷霆里吹开双眼。

行走在午后的梦境，

惬意，忘情，青苔充满石头，
那水中的石头，迷蒙而清新，
在流水中清洗无边的天朝。
在南风中徘徊，一边徘徊，
一边想念，一年前的青山，
在梦的边界还原成逼真的贤士。

2015.1.4

倒　影

绝对是巨大而平衡的沟壑，
牵连田坎，落花，小石子。
请将顺树边的杂草，靠墙的风，
没有任何声明，
向十二点钟，向花台边休息的人致敬。

太安逸的空气对着眉头吹，
太纯洁的风对着万物吹。
请取下钢琴旁的乐谱、琴键，
黑白之间，是整个山水中的稻田。
我死了也不甘心，那醉人的倒影。

没有更亲近的花茎，在露水上结伴而行。
松林，以正义的力量抬举山梁，
而深厚的松涛，以墨色暗动的爱液，
盘旋在激情的乌云边。

乌云吹走蓝天，只剩下大雁在天堂开会。

2015.1.5

围　巾

谣曲般的身子，疯了样扭动。
这就是夜幕，夜幕下的车灯，
湿润的怒气还没有平息，
那怒斥的是老来的时光。
依旧没有睡意，
最初的版本已修改完毕。

坐着，在摇篮般的字里找寻，
逐渐消弭的爱，老气横秋的
夜色，完全是青花瓷的纹理。
那没有动的，在动的，
细微的空气，灰尘，靠墙的沙发，
停靠在梦境的周围。

未升腾的怒斥，未胀满的矜持，
这是通向楼道的火焰。
没有瓷砖的伤害，将每到一处的

慌乱，镜子里的头屑，

浸入木地板的花纹，统统收入围巾。

那是落日下的黄昏，秘密地靠近。

2015.1.6

蝴　蝶

一只蝴蝶轻而冷，恢复了短信，
轻声躲进秘密的身体，就连花粉
都能混入静默的河流。
一只蝴蝶没有前世，
完全是醒来的菩提树。
那瘦下去的纹路，瘦下去的良宵。

且慢，那满页的伤口，
一如黑洞，因循守旧，
慢下去吧，慢在生病的分钟。
他除了痛，就只剩下贫穷。
那鲜花，那空中的阁楼，
一个老人因循守旧。

他的瘦基本没有别的理由。
蝴蝶飞入花丛，
是什么修改了密码，

修改了深冬苍凉的阳光。

他埋在怀旧里，

他吃下火，吃下锅，也没有暖和。

2015.1.8

生病的椅子

不用这份荣誉，你依然是我的榜样，
删除的文字，如青苔上的铁锈，
生硬，坚强，美是死去的气息。
依次牢记江山下的石灰石，
洁白得像墙面，你用不着担忧，
没有心爱之物打扰矿石、尘土。

这是慰藉的窗户，阴雨绵延不尽。
每一种冷雨里都有贫穷的疼痛，
让生病的椅子维护深度。
很久以来，我在窗帘下遥望，
那些云，那些晚霞，那些被照亮的山梁，
平静地移动，有着起码的尊严。

缅甸那边，是被处理掉的席棚子，
获奖之人能在一幅照片中
站起，他身后的国度，

我并不了解。并不明白

树下的椅子是否存在。

那升起的树干，明确介绍肺的风险。

2015.1.9

辑四 麦浪

不让，最彻底的脸从水中分解。

泥沙，不让一条鱼儿消失，

那些清澈的石头，紧紧按住

雪的佚事

你有必要在雪中揉捏刺骨的
寒风。你辛苦了，在山林里
雪花是皮肤的清洁剂，
树上是烟熏般的冰凌，
没有办法停止。而河岸，
以固有的方式继续深夜中的冷静。

用雪水洗净身子，并饮下
夤夜来访的消息，那杯子里的
佚事，冷得可怜。
似乎证明南方的速度，
还有石头里的骨髓。清冷的
界面，扶住青苔上结下的冰。

抱着脑袋，那定下的
段落，撕裂、凸起、陷落，
如我一时糊涂，没能力挡住

你醉酒中的愤怒与痛哭。

你的哭声击碎了瓦片，使钢琴失声。

电闪雷鸣，刮骨疗伤般涌进体内。

2015.1.12

南方来信

不会走回去，在纷飞的困境里，
你把水倒进缸了，
周围的植物已结满霜。
而达县，坐进胡须，
他在命里装饰苦涩的盐巴。

盐巴与霜会结成冷冰，
结成州河中反光的波纹。
这河面几十年没有变化，
河里微微凸起的石头看着我，
就像我看着落日下的山冈。

落日下，我展开一池的河水，
展开被夜色浸入的信笺。
那下面，有水缸边升起的气息，
有青石板边的发丝、泥泞，
饭馆里沸腾的碗里，漂来了葱花。

在晚霞照耀的窗边读着来信，

母亲的命里，一颗生病的星星闪烁而过，

那是流星，也是故土在无畏地沉沦。

2015.1.13

务必安静

务必安静，这里是老年人的市场。
冬天的下午，阳光普照，
花园里的树，一层层紧紧围拢。
消磨的时光，在楼台外
没有更深红的弥补。
我将靠拢在廊柱上，想一想，
渗出的身子，没有深渊，每次都一样。

你以同样的姿势住在深山里。
花会说话，露水会流泪，
逃窜的风会感动。
没有桥廊，那边是悬崖，而崖下，
是深渊的江水，很冷，刺骨，
在最远的树叶里盘桓。
我错了么，每次激情犹如怒吼。

那边，灯带着白日的昏眩，

给予更突出的表现。你寄来的秋夜
是深巷的伤感，那过往的忧郁，
没有一种琴声可以比拟。
翻开玻璃透明的云朵，
没有一枝花会抗议。请绕道而行，
务必安静，这里是老年人的市场。

2015.1.13

是时候了

带着一地的烟灰来看你，
夜色笼罩，斑鸠归隐竹林，
村庄里的小桥拆散了车轮。
你屋外的河水慢悠悠地吞并了激情，
也掩盖了豆荚的爆破声。
你美如青花瓷的脚步，
你的围裙，都将在四季返回。

没有其他奢望，没有年轻时
坐在山冈上的沉默，无数的感伤。
我的手指抠下的泥土，已变成坟堆。
那些死去的人，还有余温，
他们的身子蜷曲，任由枯黄的树叶
飘落而至。旁边，这样的夜晚
能听到年少时的呼吸。

是时候了，搬开所有的云团，

一直通向深处。那天边的阴霾，
消失不见了。地上的烟灰，
已风化成石子，多么奇怪的几何形。
我说来看你，带着一地的烟灰来看你，
那时，坐在低洼的山崖，
任由冰与火在眼窝中呼啸而去。

2015.1.14

功　课

阳光没有疼痛，背阴处的转角也没有。
身子靠近些，靠近这寒冬的温暖，
你脸上的江山是颓败的皱纹，
是琴键下生锈的雾气，冷已坚硬，
在两边练习功课。没有亲人，
在无人的黄昏，接受最近的风声。

请撇开生病的头颅，让开道，
那路的身后，屋门悄然吹开。
只剩下贫穷，剩下你胃里的柑橘，
那些生锈的气味会被击沉，
会被你紧紧抱稳，就像你抱着地球。
在满屋的暗淡中，你升起十万旗帜。

没有废弃的骨头，
更没有灵车，没有凌晨。
等待山坡下起伏不定的风浪，

就像你在宣言里投下花冠，

在刀锋里种下爱，故园里的金合欢。

我会骑着石头，在撕裂的余晖里漫游。

2015.1.15

楼　梯

夜色加深了楼梯的倾斜，
其实，墙面还是以前的深黑，
即使是白天，我也能听到楼里的
心跳。我静静地站在风口，
便能听到几公里外的经历。

还有惊雷，从天而降的闪电，
划破夜空的五院，那明显的灯光，
有些晃眼。我似乎能看到生病的
身体，那些难以翻身的骨骼，
我都会表示最大的敬意。

对肉体，我有刻骨的惧怕，
哪怕是肚子的湿气，
耳洞里的轰鸣。夜色无疑会增加
一个人的孤独，以及忧伤。
事物是平等的，包括倾斜的楼梯。

2015.1.19

王　侯

灯下，万物停止进展，空气不再紧张，
在一本书里挖出王侯，
他看我的样子，甚至有些霸道。
我喜欢有剑气的日子，
尽管气味里有浓厚的铁锈。
就像那根水龙头，迷离在时间的钟摆里，
从没有休息。夜里，水滴的声音，
犹如钢琴曲，慢悠悠地推走了琴凳。

视野里容纳洁白的灯光，
容纳一张纸翻过，又自然地合拢。
这是何等绝妙的声音，
就连窗外都是无尽的翅膀，
没有人在灯光里偷渡，
也没有人需要更新自己的头颅。
让暗淡的背影抵抗书中的重量、力度，
以及王侯辽阔的死亡。

一本书读到最后，

抬起头，冷静地观看墙边的楼梯，

我的孩子还有母亲，她们步态轻盈，

毫无声息走进房间。门外，

深冬的寒风吹过四壁，

那千年的呼吸、不安，冷如钢铁的

血液，直达无尽的寒冰，

并将以脑袋的形式赋予我生活，赋予我思考。

2015.1.19

器　皿

我就是一个容器，
吸收一切，十倍于我的距离，
十倍于我的物体。
吸纳过去，也吸纳未来，
那火车尖锐的怒吼，
在隧洞里抛弃孤独的母亲。

那花瓶，已然十分脆弱，
里面的水没有蒸汽，
我活着，抱着坚硬的瓶子，
跑遍大半个中国。最终，
我只认落日是自己的亲戚，
并指认江河日下的青山与楼阁。

那野蛮也会挣脱缰绳，
一如荒芜的黑马，
在寻找自己的主人。

苦命的月亮不屑这些碎银，
那暗处的深山为何要咬掉舌头，
以一当十，迷惑在牙中的器皿。

2015.1.22

尘　土

怜悯我，在达巴路尽头，
柴市街的李子熟了。
大片雪花是掌上的故园，
请珍惜我，把最后的尘土，
最后的黄沙盖满我的头颅。

延绵的青山，起伏的州河，
我捡起年轻时的厌烦，
投入濒临绝境的乱世。我的伙伴
头发已变灰，变白，
另外一些，早已入土为安。

是的，骨头不会腐烂，
而松林迟早会消隐，
推向那沙漠，每一粒
黄沙，都是生病的达县。
腼腆而含羞，有些咳嗽。

为久别的重逢，
我已储存了热气腾腾的面条，
还有棉袄，还有一双苍凉的手。
我吹出一股冷气，
整个通川桥情不自禁地，颤抖。

2015.1.23

民国的女子

你是民国的女子，拜托我流离失所，
多少面孔已憔悴，已惨不忍睹，
就像我的母亲。
你的发饰向阳而散，你的旗袍，
过往于滨江大道，州河边，
青草旁，阵阵流水被请进。

你是民国里受难的女子，
苦中的爱情，有着优质的化身。
熟悉而又陌生，
你高贵，典雅，盛行于暗暗的水井。
而水井，月光里倾注了银色的颗粒，
那些逼迫的春花，催赶渡船。

洗净铅尘，突然转身，
民国的女子，水一样的美人，
她的身后藏着达县，达县的泥泞。

泥泞边的小巷子，

在雨水中加深。我忍受米饭的清香，

为她而去，色泽鲜明，饥饿被忘记。

2015.1.23

青筋毕现

那里的雾劈天盖地，
那里的冰拥抱了霜。
我找到盐巴，流血的鼻涕，
生硬的母亲，她的肺一直干涩，
我追逐满城的人生。
而凤凰山下，达县，
以不动之身，住在身影漂浮的
州河边。它以简洁回应万物，
以不语回应人间与天堂。

张家湾的弯道遮住树荫，
风也迟到，泥泞包裹黄土，
包不住，苍凉的肺气肿。
我的母亲无力走过南外，
那边的楼房，那边笔直的走向。
似乎，一座城市会被淹没，
似乎会下沉到云朵里。

天的边缘已被压得很低，
渡船摆渡，水声渐浓。

即使我想回去，走回儿时的竹林，
那些镜子般的破书，碎片，
那些抽血的竹根暴露出青筋。
我的血管因此被遗传，整日
吹过清凉的风，吹过劈天盖地的血泪史。

2015.1.27

一切尽可删除

即使一粒尘土，也能体现价值，
绕着光线飞行、飘浮。犹如
有命中的称呼。
尘土不依附远处的树木，
每分钟皆可魂归故里。
即使来的是古风，
即使飘零在街头、村落，
那溪流，在青草上回顾：
苍茫的露珠刚好被荷叶压弯。

以此为伍，并不新奇。
在绵绵的均匀里练习呼喊与麻木。
细雨中的车轮摔出泥泞，
在更倾斜的楼道，一丝光，
倒在墙上，慵懒、唐突。
那是什么样子的面容，
无对称，不讲效果。

即使是正午，那瞌睡之人，在树下，
数着葡萄，在内心里堆积酸楚。

这一切尽可以删除。
一如在饭桌上，我平望过去，
是万顷凉台，是舌尖上的蜂蜜。
这一切，我都会记录。
你躲在笔筒里，躲在钢笔的螺丝中，
等待我去拧开。
而我平望过去，你站在千亩良田上，
风正加紧回收黄昏里细细的乳腺，
这一切都会被删除，尘埃在酱油里没有天明。

2015.2.4

我所理解的春天

春天不认死理，治疗
也不见得有效果。嘈杂的楼道
被推向阴影，钢铁的深处，
有一座城市。楼的尽头，
有被削掉的平头，头发被感染，
被怀疑。我不为所动，
站在风湿科外，
体会风从门缝中吹来的温暖。

春天里没有失望，没有
门诊楼外的刺桐花。
我突然在阳光中想念，
州河边，乱世中的楼台，
在孤岛中立于河中央。
一座橙色的塔楼，它的边缘
留下旧年里依稀的裙边。
它的挑梁，在木质结构中闪光。

更近处，我所理解的春天，
不是一场睡意，
不是花边的蜜蜂。甚至，不是
荷塘月色。在严禁吸烟的站台前，
火车开来了，顿时，
整个大地颤抖了起来。
我看见有人激动地啰唆，
有人反向火车跑了起来。

2015.2.4

春　光

春往往是从旧历开始的，
就像村官刚刚视察过水泥厂。
他在重庆喝投降了，酒精的概念
就是蔓延的干草，凌乱不堪，
还有一些脸，一些气味。
春光无限，敞开了胸怀，
任由农工进城，一浪高过一浪。
春天有被切割的乳腺，有蔓延的疼，
一如天边的偏头痛，
克制、坚硬。卵石里，
夕阳推走了老人，
皂角树举着热血，
在岸边怀抱前院与后院。
他的肺小心护理戈壁，黄沙，
还有低矮的灵魂。
重庆，在浓浓的方言里，
结合成漫天的江水，每一滴

深藏悔过自新的故里，每一条
巷子蓄积了喘气的墨水。

2015.2.27

一个人

撬开一个人的内心，凿子里能
生出雪花，啤酒，微波炉里的光。
一个人可以藐视江湖，
却不能吹走风一样的伤寒，
风一样的雀斑。那盛冰的木桶，
游走在桥下，并颤抖，
那反光，游丝般爬向河沿。
他站立在边疆，空旷无比，
寒烟从身影里上升，
他与远方融为一体。
有人痛哭，有人抚摸额头，
他向迷失在路上的兄弟投掷铁
与尖锐的物体，却纷纷落空，
桥下，是远在天涯的浮冰。
他的前世便这样模糊不清，
落日把山川照成一片海洋，
他轻捋胡须，向脚边的石板吐出一股哀伤。

2015.2.28

人去楼空

如果你住在山中，我给你挑水喝，
不会有任何嫌弃，
即使你老得像门前皲裂的古树，
不会说话，不会讲述过去。
你蒙眬的眼睛里有不断生长的骸骨，
仿佛是屋前满坡的青山和前世。

如果你住在海底，我给你如意金箍棒，
让你腾云驾雾，一个跟斗，
就到一万八千里外的故里。
你的皱纹是海底的蔚蓝，
换下目光里的浑噩与呆滞。
那时的新九，不仅仅是一个地名。

还有山沟里的青烟，在黑白中
有迷人的风景。
刺桐花开在身后，像深秋的枫叶，

我们的一生，全被投放到起起伏伏的
往事里。当落日以灯光的距离，
照在二月的墨水里，照在那些脸上。

那些走动的钟表，
不会在时光中纠缠。我起身，
所有山谷的宁静，
就像一把上下晃动的躺椅，
接受人去楼空的现实。

2015.3.2

麦 浪

事实上，这是一个忧伤的国，

低矮的城池回荡、缠绕。

你的歌声无所畏惧，

海边，就是新九①的麦浪，

还在石榴园里抽穗发芽。

那山谷的残骸，仿佛正埋藏金矿，

在下午的阳光里，

没有人来关心，也没有来收拾。

你蜘蛛网般的凌乱里，

那些衣裙会收回大地，

还有藤蔓。你害羞的乳房，

一如既往，行走的倒影，

铜镜般的溪流，不紧不慢从村里穿过。

那些清澈的石头，紧紧按住

---

①新九：攀枝花市盐边县新九乡。

泥沙，不让一条鱼儿消失，
不让，最彻底的脸从水中分解。

最富裕的不是山中的金子，
而是你梳妆台前的明镜。
我们在镜中相爱，并拥有彼此。
你是弹指间的尘埃，
爱得出奇。就像山上的黄沙，
在整个村子上空盘旋，落不下来。
门外一夜的大风，
把你打扮得如芙蓉一般，看着心乱。

2015.3.3

在水声里安居

要向生活偿还债务，
在每一粒水声里安居；
要向时间证明山峰的卑微，
没有承担，也没有回声。
事实如此，我在新九培育新的土地。

那些侧卧在溪流边的，
是陈旧的石头，青苔下的石头，
被隐秘地覆盖。那些石头边的流水，
能爬过山梁，聚居在柳树边，
倾听海洋清晰的合唱。

在一面裂开的土墙边，
寻找另外的水源，那些开裂的土墙，
把数月来最亲近的面目呈现过来。
他们是墙，也是生活巨大的黑洞，
满意与否，都没法把夕阳从河沟赶走。

请听听树边的水声，
听听最低层的沙土在水中站起。

2015.3.11

牵挂你

用一缕风声来牵挂你，
用前世所有的不幸牵挂你。
搬来木凳，还有木凳上的蚂蚁，
屋角的蜘蛛网，灶台边的草木灰。
还有米，还有饭，还有青菜萝卜，
前世的怨恨，前世的简单，
统统排在我后面，牵挂你。

用完所有的人生，
所有人生里面的侮辱，欺骗，
还有石碑上模糊的字迹。
用尽一生的偏执，不恭，脏话，
用尽我最后的力气，
把生活的黑暗，夜晚，明亮的晨曦，
统统排在我后面，牵挂你。

牵挂你脸上的皱纹，

牵挂你不死的决心，游过树里的汁液。

那是爱的汁液，也是苦与难的汁液，

一滴一滴，流到地里，

遍地都是黄金。我在噩梦里惊醒，

也在下一个美梦中抱着你，

新九，每个边角料都认识你。

每个边疆都无法扶正你，

那天边的楼梯正通向迷离的魂灵。

2015.3.12

我和你的距离

我和你的距离，有一条河，
有两条江。我和你的距离，
有几座山，几条公路，
一条漫天的黄土路。
我和你的距离，有130公里，
新九，我在车里，也在路上，
我和你的距离，
相隔一辈子，几代人。

我和你没有距离，
我们彼此没有分离。就像老屋
不可能抛弃前门，
枯萎的树木，不可能抛弃
阳光和雨露。老了的树丫
不可能没有归宿。就像我
没有故乡，新九就是故土，
就是河边里沉默的石头。

一直和你保持距离，

在城里，我忘记灯光，甚至，

忘记最后的斑鸠。

那来路不明的白云，

我也视为是你的馈赠。

新九，没有昨天就没有雷声，

没有爱就没有闪电。

我和你的距离，就是电闪雷鸣的夜晚。

会在窗下，摘一片云雨，

放置在离门槛最近的位置。

2015.3.13

河　谷

河谷里的风能吹开凌乱，
也能吹走身后的时间。
能吹开钟表，也能吹开钟表里面的
一生。在风中，峡谷变得更稳重，
没有一座山能在时光中移动，
也没有一个人，在山谷里
搬动风中的石头。

我说过，没有巨大的肿瘤，
便不会有疼痛。从会理来的
那个人，不会想起新九。
就像风声中的呜咽，
总是嘲笑我的生活。累了，
没有方向，也没有河谷，
在失望的地方回首。

是时候了，迷恋在锋利的风里，

树叶堆积起很矮的高度。
眺望并怀想，是不是有更快的速度，
会在风的前头，竖起衣领，
在十字路口，来来去去。
就像地上打圈的风，卷起残废的毛坯房，
在日落里奔跑着向前，没有任何疲倦。

2015.3.19

透　明

初春的村庄，安静极了，
即使是小河边的清水，也有
过于静谧的波纹，在透光的细沙里，
白云也有悠闲的时候。
风很平和，在毛细血管管里，
住着一位邻家的女子。
她二月的面容娇嫩，清水般透明。

村边的洋姜长得蛮高，
遮挡了桃花，沟边的水流没有间断，
田里的青苗被误认为麦浪。
一阵风过去，近处的田埂逶迤在山谷里，
我的后辈在河边奔跑，
她跑过的石头、沙土，能掀起另外的
海浪。她的内心安静，坚守。

不知道一座大山背后的村庄，

有无道德的制高点。

一座石桥连接村子的两边。

花椒树、石榴树裂开了皮肤，

在上等的阳光下呼吸。

整个村子在蓝色的天空下，转弯、拐角，

融入敞开的水库边上。

在正午的河畔，蹲下，

在水的纹理中寻觅自己的倒影。

白云，蓝天，苍老的脸，

一晃一晃，慢慢流向不可知的未来：

远方的命运在水底咆哮。

并悄悄软化为流沙，像是风的回音，

触及老屋的房梁和天花板。

2015.3.20

秘　密

任由阳光抽打，河边的芦苇依然
挺立，那阴影处的艺术，
一如老年的乳房，有些失控。
这是何等绝望的阳光，
任由皮肤无休止地裂开。
我能听到大地一样沉重的呼吸，
在另一片山林消沉而直至衰竭。

一个新九，就是一片荒芜。
任何物质都很脆弱，
或许能完全解除每日的身体。
还有房间里的仪式，背靠挂钟，
每响起一声，都能撬开远方的水壶。
一个青年可以无视小孩，
一个老人可以无视时间。

他们在正午的睡意中挥霍身材。

桥下的水流重又恢复漫长的曲线，
甚至能将镜框架到自己的脖子上。
我在石榴园里，找不到一个果子，
那些抽烟的老人眯着眼，
在树下静静坐着，像一堵不说话的墙。
只有陈年的灰尘，在风声中保守秘密。

2015.3.24

温　度

汽车一转眼就转弯了，扬起的黄土
企图要遮蔽历史。一个没有边疆的
小村子，一个没有生也没有死的斗牛士。
把一天的尘世收留，并把一身的
干净留给转角处几株小叶榕。
这样的过程，简单，如若一支烟的工夫，
在那里，仅仅用残留也不为过。

记得折断的树枝，能积累当年的残月。
院子里，仅有的亮光是内心的水银柱。
那是公开的怀念，也是巴壁虎的褪变。
记得古树边，一些亲人在周边逗留，
一些高过头顶的零星的花朵，
在风中晃动。隔壁的声音传来，
既亲切又很有温度。

即使我俩离开这理性的世界，

即使我在你的皱纹里想修理峡谷的陡峭，
还有深海中的蓝。你的眼角，
是无尽的迷乱，是海风在新九做圆周运动。
看到你，在小河边，
在一款很平滑且湿透的石头旁，
你的身子弯曲，如月亮在水中祈祷。

没有过多的言语，我抱着自己的幻想，
拥有春天的河湾。并掐灭烟头，在二月的
墨水里写下一生中的到来，并终将离开。
写下缠绵，写下大而化之的房子、你眼里的乌云。

2015.3.26

在梨园

大海可以升起，也可以降落。
不会干涸的河水是永恒的彗星，
夜幕铺满山峦，风声在远方低鸣，
月亮很孤独，而星星不再独立，
每颗都闪烁隐秘的脚步。
我在梨园搓着手，仰望渔门。

多么年轻的咽喉，可以容纳火与光的
道路。那是渔门的水域与边界，
明显已经开始干枯。
上溯到更为黑暗的清明，
没有一颗雨滴，我在坎坷的入口
契合今后绵延的版图。

画下清新的空气，
画下漫天的繁星。我突出沉沦的
岛屿，在海水退潮之后，

那座孤岛将更加孤立。

我只想拥有自己的阁楼，

并试图改变陋习、无坚不摧的人生。

2015.4.7

天　鹅

住在破罐中，心力衰竭，
渴望睡眠，并对水畏惧。
一颗畏惧之心是可以安眠的，
比如罐子里能看到月光，
能看到断桥，从一丝破败的裂缝，
能看到孤独，卑微的古都。
后来，我在饥饿中筛选余霞，
还有在田埂中飞去的天鹅。

这周遭，静静等了几年，
这一切显得太慢也太快。
周围的峭壁、青苔，石头边的琴声，
已经长出秘密的暗房。
更有紧锣密鼓的节点，在细细地浸入，
我趴在铜锈边的黄昏里，
试图去喜爱，去倾听，去赶往云端。
那唯一的通道，是鸟儿在天上鸣叫。

哎，我就是高原的一抔土，
一座貌似庙宇突兀的山丘。
我还记得，桥下的河流，
从东向西，没有尽头。
落日以一贯的速度，从山顶下沉。
哎，花朵没有密封，清水没有印痕，
紧紧抱着一个破旧的罐子。
罐子里住着滴水不漏的渔门。

2015.4.17

古　籍

这里，有我一直喜欢的风：
是轻舟上的旧历，翻开
便是一部褪色的书籍。我靠着
最南边的墙壁，也能听到二滩水库
的呼吸，多么均衡而热烈，
多么平静的视野。当然，我也可以在
黄昏的小橘灯下，摸出笔墨
写下伤痕、青石上的诀别。

或许，忘记这里。让我失去记忆。
或者，在碧波里，洗清过去，
忘记沉积的灰尘。
你看，隔壁的江山还能支撑，
那靠近河边的泥泞依然如故。
没有人来，夕阳背靠青山，
远方之远，是白云在移动，
移动的土地比堤坝还低。

收回眼下的事业，在一个人的屋子里，
慢慢清理写下的孤寂。
一座孤寂的城堡，是古籍，也是典故。
在古代的四周，
能闻到香妃，还有发霉的橘子味。
是什么从身边一闪而过，
便消失在亘古的荒原。
高原的云朵，休闲自在。

无所作为。我像没有主心骨的庄园主，
费尽心机，寻找那些被娘子们埋没的才子。

2015.4.28

青　山

一座城市，南岸与北岸，彼此是陌生的。
很多小巷子并不熟悉，但能闻到彼此的距离。
在一座陌生的城市苏醒，熟悉这里的一切：
花香、汗味、禅道、阳光、眼泪与废气，
试图住在围墙内，也试图放弃墙外的藤蔓，
在深冬的岸边，江水放弃慢、棉被，
从最不熟悉的小卖部开始，正如渔门的匝道。

转向西南，那里似乎是更糜烂的沃土：
没有什么石榴能围攻故土、墙上的青苔。
似乎能听从针尖上的蜂蜜，听从风车
在更深情地跟随：只是北高加索没有天鹅，
只有迎着风吹的坚冰、手套、血书。
不明白，二滩的水，为何如此深蓝，
一如大海，最为纯洁的一面，为纯洁而流亡。

留给钢琴的键盘、跳跃的音符。卖牛奶的市民他是春天里的稻草、钢铁的骨骼。

能听到寒铁里的远方。远方里的寒铁，

每一种舒展都有无尽的凉台、回廊，

把大理石席卷成苍茫，席卷成大理石上的波澜。

是的，这样的村庄是起点，是星空下的灰尘，

在某人熟练的钢笔里，弥漫。弥漫成整个青山。

2015.4.30

由远至近

以为走进了古巷：
这是被阳光切割的楼道，
阴影下是大理石反光的楼梯，
就像原始森林茂密的青草，
没有一丝风能扶正它们偏离了的风向。

镇上的少女跑过，
她们的青春被延长，就像那些水果，
被无畏地低估：水分、蜂蜜的味道。
看到青花瓷的衣裙，
被忽远忽近地分离又合拢。

是旗袍，也是古籍中的檀香。
无视过太多的病人，
他们的疼痛，他们肺部的影像：
没有被周围的荆棘所刺穿，
没有闪电低估暴雨，还有身体里的雷鸣。

江山如何进入历史。
你手握屋檐下燕子般的秘密，
在最平静的日子里写下窗棂边的枫树、
芭蕉般的灼热。而我何时能面对
墙壁上虎视眈眈的青铜器、暗淡的绿铜。

在细细的光线里，弯曲，膨胀，
就像等待夜晚中瀑布爆发的声浪，由远至近，
由远至近的倾诉。那板凳空着，
在阳光下闪烁幽幽的亮光。你转身而去，
古巷顿时空无一人，
整个时空停留在将去未去的那一刻。

2015.5.4

转角的楼梯

如果梦见了草原，请原谅，
那里只有一枚水龙头的清凉，
满坡的船员行驶在汪洋大海：
其实，我只看到草地上的龙头，
在旷野里是如此孤独，喷出的水珠
是最好的金子。如同长江在纸上
慢慢沉浮，时而暴怒，时而温顺。

那或许就是西伯利亚稀薄的空气，
在雪中紧握转向盘。稀薄的人情，
甚至没有鱼肝油，没有彼得堡。
那些被包围的专制，爱着灯下的阶梯，
是有人向内心低头，是有人在
深夜里被冻坏了骨头。没有钢琴声，
没有蜘蛛网，只有竖起衣领的寒风。

至今都在感谢，那船员的颠簸，

他逶迤在盛大的树荫里。
而且，他害羞，用眉目去迎接
远方的莅临。他心生力量，
用最简单的音节，布置下午的深冬。
在落地玻窗前，看见转角的楼梯，
每一级，都站着血与火、钢与铁。

2015.5.8

光阴里不断增加体量的往昔

/游太平

一

我与曾蒙相识于20世纪90年代初的四川达县（现达州）。今天回顾历史，那一时期比较醒目的大事，计有海湾战争、苏联解体、小平南方谈话等多项。但，这些事情对于尚处于少年时代的我们，因感知的遥远、认知的懵懂与现实影响的间接缓慢，而仿佛并不属实；记忆中有效的场景仅仅是：我刚刚高中毕业，就读于一中专校，某天，高中时同校的诗友谭虹（谈泓），将一个叼着烟卷儿的乡镇高中学生领到了我的面前。

曾蒙给我的第一印象蛮好，首先，他形貌质朴、笑容率真，宛如荒坡野地，混沌未凿。其次，开口闭口，皆诗歌事，仿佛我辈不写，神圣之大地便要陆沉似的。第三，我注意到，他烟瘾极大，且技术堪称专业——食指、中指姿态从容不迫，始终让烟卷匀速醒着，不显露当事者情绪的丝毫波动；无论手臂抬起还是垂下，保持燃点往北东向略倾斜，令青烟一直呈向上的一柱，只在顶端因环境、动作的变化而有秩序地缭乱。如此，眼、脸、手指，有效避免了被熏至油腻蜡黄——请原谅我至今不待见叶公好龙的作派，而敬重专注的品性，无论其朝向是跳出迷津，还是径直去往迷津的深处。

那天，我第一次读到曾蒙的诗，发表在《诗歌报月刊》上的《爱你，孩子》和《诗神》上的《火车》等，当时的感觉是语言流畅、气息贯通，非常像样。要知道，那时经常在报刊上露脸的中学生诗人，普遍写席慕蓉、汪国真那样轻浅的诗歌，稍强一点的模仿朦胧诗时代的诗歌明星。此前，我确实没发现写"当代诗歌"的中学生——视野有限嘛。那时我们心目中的"当代诗歌"，其实就是"第三代"诗歌和20世纪90年代初相对前卫一点的诗歌刊物上的诗，或者像那个样子的诗。十八九岁的曾蒙，写出的诗歌就有那个样子，而且在刊物上大量发表，真是令我肃然起敬。

1992年夏末，我辍学了，到一家汽修厂当学徒工，挣不了几个钱；另一位同年的诗友冯尧进入本地一家报社工作，当时他不属正式编制，处境也很艰难；而曾蒙、谭虹还在读高三，或许是高四。四个同处一地的小伙伴煞有介事地成立了一个名叫"继续"的诗歌小组，经常聚在一起，互相传阅近作，用普通话和四川方言朗诵，并进行严重的、伤害到心灵的辩论和争吵。有时是曾蒙到城里来，可气的是，这个混蛋总想吃米饭，吃米饭得有菜啊，我们哪有钱买菜？只能吃面条；有时，我们也坐一个小时的班车，去曾蒙栖身的小镇玩。那时，尽管有前途未卜的焦虑与消沉，但我们心中那片诗歌的水域却拥有一种合符青春逻辑的广阔和浩淼。

1993年，是告别的一年！谭虹死了……这件事我们曾有大量文字记述，百度可见，在这里实在是不想再回顾了；曾蒙作为文学特长生，被西南师范大学（现西南大学）特招入学，去了重庆北碚。毕业后，他去了攀枝花。受当时交通条件的限制，攀枝花于达县而言，如火星一样遥远，我们难得再见。有限的几次聚首，稍不注意就要忆及青春、死亡，让人轻易地醉、哭出声音。耽于旧年，是可耻的，中年哭，想来也属兽行，但是，我们控制不住。

二

达县是曾蒙永远的故乡，攀枝花也是，这两个地方都曾负责用一种持续的力量打击青春自以为是的秩序，它通常被命名为现实生活，或曰劈头盖脸的幸福。在重庆北碚的大学生活，连接着曾蒙的两个故乡，但在其诗歌里，北碚也常以故乡的面目出现。这并不奇怪，诗人的故乡可以是一个确真的地址，也可以是光阴里不断增加着体量的往昔。

曾蒙青少年时期的诗歌，是典型的乌托邦式书写，在青春荷尔蒙的迷幻指令下，从文本到文本，结合乡村经验，作神圣、纯粹、唯美、粗暴的抒情，这是中国诗歌一度蔚为壮观的"齐步走"。回首过往，我个人认为，简单地否定、嘲弄一个时代的诗歌精神，是没有道理的，因为我们都曾在场，要么是合唱中的一个音符，要么是二元对立的另一方，并无几人是清晰得可以确认的旁观者。我们的语境限制了我们，也终将松开它在我们一直燃烧着的火苗上绑缚太久的绳索。事实上，包括曾蒙在内的很多诗人、评论家，在20世纪90年代中期即开始从时代背景、文化心理及诗歌内部规律等诸方面进行了非情绪化的、认真积极的反省，正是这种反省带来的或谨慎或大胆的努力实践，为中国诗歌后来在精神、心志、价值、经验等方面的丰富和在语言样式上的多元，奠定了有效的基础。正所谓"想到故我今我同为一人并不使我难为情"（引自切斯瓦夫·米沃什诗歌《礼物》，西川译），我们无可后悔，尤其是在没有一种理念能够役使大地上全部聪慧、有趣大脑的今天；我们不必急着下结论，尤其是在太多传统的卫道士和先锋的产权方皆排斥他者、还不够尊重差异的诗歌生态中——必须声明的是，我只寄望一种健康的秩序，绝不是想要这个世界上出现一种强大得必令人屈膝的真理。

曾蒙20世纪90年代后几年的诗歌增加了叙事的成分，抒情混合叙述过程中体现出的价值操守，底线仍比较高，但对所谓美德的守卫，落实到了更具象、及物的言说上，而神性或泛神秘化的经验也有别于过往，被严格限定在了微观的修辞之内，比如语言的歧义。这样的变化，其实也是大势所趋。我不认为曾蒙的过往实践具有开创的意义，我不想拔高，当然更无贬抑之意。我承认，我的姿势也徒具前述中那不后悔、不着急之形。

但是，曾蒙这前两个阶段的诗歌，的确是很优秀的，因为无论他写什么、怎么写，在思想的成熟度上，在语言的领悟力和感受力上，都有一定的比较优势。比如其少年时代写下的诗歌，完全没有校园诗歌那种普遍的学生腔。这个乡村少年，因其兄长也曾从事文学创作而获得便利，较早地受到20世纪世界范围内的经典和中国80年代新诗潮的滋养，因此，他一开始就与在日记本上抄写惆怅、忧伤和心灵鸡汤的那些文学少年拉开了距离；而其青年时期的诗歌，在走向技艺的自觉上也早于大多数同龄人，这缘于其精力的大剂量投入，缘于其对诗歌技艺超越了业余爱好的系统学习，天赋，或许也是有的。很多人都认为曾蒙是早慧的诗人，我赞同这个评价，但我认为早慧是一个结果，而曾蒙长期的专注、用心，特别是在20世纪90年代诗人群体集体减速氛围下的发力，是重要的原因。

我尤其喜欢曾蒙2000年前后的诗歌，即被很多官刊、民刊、选本收入过的《自画像》《车内的冥想》《压抑住悲伤》那一系列作品。这些作品戒除了其早期抒情的滥觞，有学院式的思辨，心志、经验、情怀却与生活的基本面和具体面相匹配，且出现了对其个人诗途极具开拓和标志意义的审美嬗变。在这里，就不引用例证了，我建议大家阅读曾蒙的另一部诗集《故国》，那里面收录了他不少青春的歌吟。

三

本书收录的，全是曾蒙2014年以来的近作。此前，因为创建和打理中国艺术批评网、中国南方艺术网消耗了太多的精力，加之从青年到中年现实生活的变化，以及写作到一定阶段的自然规律，导致了曾蒙长达数年的沉潜。策略性的主动也好，自身的不由自主也罢，反正他新世纪前10年的作品不太多，仅有的一些，看得出，有多个方向的转变努力。在这样的背景下考量曾蒙2014年以来的勃发，我个人愿意以比较的方式进行言说。

在我看来，本书收录的作品，比之曾蒙此前的作品，有三个积极的方面值得关注：

一是向下的速度。用向下反对向上，是20世纪80年代中期至今，中国诗歌一直持续的一股潮流，当然有总体精神向度同一下的分化和变化，且形成过多次高潮。我并不是说曾蒙的向下，是被潮流所裹挟；我的意思是，向下，有时代的必然性，于诗写，也具有相当的合理性，而曾蒙对过于高蹈空泛的精神意志的反拨，是持续加速、自有底线的个人选择。相对于其早期诗歌，2014年的这些作品，在心志与语言风格层面，趋于日常、小声、平和、自然，像剧场中一个恰切、合适的发声位置，刚刚好让每一个角落都能清晰地听到人世的小爱、流速缓慢的伤痛。写到这里，我想起前不久重庆诗人李海洲对曾蒙近作的评价："曾青年不错嘛，越写越放松了。"虽然我一向对这哥们儿长期以来盘踞于群峰之上的话语系统保持深切、耿直、对得起兄弟情谊的无感，但这次，我认为他说得有道理。是的，我们都曾狂信西西弗斯的力量，如今的我们或许仍然执拗，但已不再蛮横。

二是向后的姿势。这里的后，姑且代指一下传统吧。事实上，新诗的合法性一直频遭质疑，近代以来的历次复古主义文化思潮，在诗歌界都激起过波澜。最近的一次，不少人热议的是当代汉诗的中国气质等命题。我认为在这面本来十分严肃的旗帜下，聚集了一大批机会主义者，当然，更多的是足够善良但过于孱弱的心灵。看吧，魏晋范、唐宋范、明清范，甚至民国范，这些SPA式的惬意书写在刊物与网络上泛滥成灾；与之对应的，是现实中大众对现代性事物一锅煮的鸡血式厌弃和对古典、自然盆景的鸡汤式热爱——也是一锅煮。还有一类奇观，即水疗馆似的富人区，那里升腾着自封为国学的氤氲雾气……只有少数诗人坚持在当代语境这个前提下，以严谨的态度，试图去发现、遭遇，并汲取真正的传统。他们有各自的策略。其中，曾蒙的努力，是谦逊、谨慎的，他高度警惕并力避传统文化标签（包括东方和西方）在诗歌中的堆砌，他拒绝传统文化心理中那些集体无意识的普遍精神对诗歌的掌控，他对传统和现时的融合，有极具个人化的深度。

三是不变的矢量。据说，男人的身家，倘不足一个亿，是成不了什么事的。好在朋友们大多已人到中年，再不济也生养了一两个齐腰高的孩子，因此午夜梦回，断不会为了一叭"口水"的质量而揪心。然而，对于人到中年的写作者而言，焦虑是免不了的。我知道，曾蒙一度困扰于生活事件般的具体和写作本身的难度，这其实算不上什么大事，毕竟当代诗人的当面处境有着惊人的相似。比如生活，必有可供选择和不容选择的部分，基于对人心、人情、人事、人性的体察，顺其自然而不任其自然即可；而写作的难度，即所谓创造力的问题，只要不令焦虑失控，为祸于生活与写作的健康，也没多大关系。人生与写作，俱是长跑，像曾蒙这样已经很成熟的诗人，理应消受来自人之为人、诗之为诗的所有打击。事实上，曾蒙正在努力这样做。这两年，他的创作已不需要特别的动力，诗歌于他，已成为一种诚实的生活方式，像小猫吃鱼那样正当，像鱼吐泡泡那样自然，有时，还可以像小猫种鱼那样轻松、呆萌、欢喜。是的，我愿意把这三个看上去相当蹩脚的比喻，及其或有或无的关联，点赞给曾蒙有所为有所不为的今天。从这个角度上讲，曾蒙诗歌中那些显而易见、拥有极高辨识度、一定程度上也给我带来审美疲劳的不变矢量，无论是出于惯性，还是一种坚持，我都愿意目为让其作品得以成立的系统支撑，甚至是进一步确认这一个而非那一个诗人的重要指标。比如他依然如孩子般脆弱而又倔

强的心灵、他薄雾般飘散又烈火般攒集的故国情怀、他缘于
爱与伤痛的持续的情感爆发力、他对自我与世界羞怯的打量
和体察，还有他对语言和事物内部那些陌生冲撞的敏感，甚
至他特有的造句方式和词汇库……他沉迷其中，这些不变矢
量踯躅于诗人此在的中央车站，也抚慰他身心的边疆省份，
并一直轻声问候着技艺的未知版图。

作为与曾蒙交往半世、熟至烂透的兄弟，我不想揭开曾
蒙被现实与旧疾合力遮蔽的那一部分理性，生存自有其严酷
的法则，诗人也自有其命运，而所有世代遗传的抒情，皆无
须遵从只以正确为嗜的伦理；作为少年时代最亲密的诗歌伙
伴，23年来相互砥砺最烈、堪称畏友的同行，我也不想过多
地指认曾蒙诗歌中的优秀品质，那是评论家和读者的权利。

——谨以此文祝贺曾蒙诗集的问世，并衷心感谢出版方，
感谢评论家，感谢读者，感谢所有给予曾蒙热情帮助的人！
帮助曾蒙就是帮助我，因为他是我在任何情况下都无法否认、
不忍分离的手足和亲人！

2015.5.15于四川达州